COLLECTION FOLIO

# Vladimir Nabokov

# Un coup d'aile

*suivi de*
# La Vénitienne

*Traduit du russe*
*par Bernard Kreise*

Gallimard

Ces nouvelles sont extraites de *La Vénitienne et autres nouvelles* précédé de *Le rire et les rêves* et de *Bois laqué* (Folio n° 2493).

© 1990, Article 3 C Trust Under the Will of Vladimir Nabokov. *Published by arrangement with the Estate of Vladimir Nabokov. All rights reserved including the right of reproduction in whole or part in any form.* © *Éditions Gallimard, 1990, pour la traduction française.*

Vladimir Nabokov est né le 23 avril 1899, à Saint-Péters-
bourg, dans une famille de l'aristocratie libérale. Très
jeune, il parle russe, mais aussi français et anglais et étudie
à l'Institut Tenichev, un lycée d'avant-garde. Il publie ses
premiers poèmes en 1914. Son père étant membre de la
première Douma de 1906, la Révolution d'octobre 1917
oblige la famille Nabokov à quitter la Russie en abandon-
nant son immense fortune ; elle s'installe à Londres où il
étudie au Trinity College de Cambridge, puis à Berlin. En
mars 1922, son père est assassiné par des Russes blancs
d'extrême droite et Nabokov quitte Berlin pour Paris. Il y
exerce différents métiers pour gagner sa vie : professeur
de tennis, de boxe, d'anglais, précepteur... Passionné
d'échecs, il publie des problèmes dans différentes revues
et traduit *Alice au pays des merveilles* en russe. Il épouse Véra
Slonim en 1925 et publie son premier roman, *Machenka*,
une histoire d'émigrés russes, l'année suivante. Suivent *Roi,
dame, valet* et *La défense Loujine*. Malgré la reconnaissance de
la critique, Nabokov vit dans la misère. Dès l'accession de
Hitler au pouvoir, Nabokov envisage de quitter l'Allema-
gne, mais faute d'argent ce n'est qu'en 1936 qu'il s'installe
à Paris avec sa femme, qui est juive, et leur fils Dimitri. Il écrit
son premier roman en anglais, *La vraie vie de Sebastien Knight*,
et traduit lui-même en anglais *La méprise* afin de faire

8                          *Un coup d'aile*

connaître son œuvre. En 1940, il émigre aux États-Unis par
le dernier bateau quittant l'Europe. Il enseigne la langue et
la littérature russes à l'Université de Stanford et travaille au
musée de zoologie de Harvard comme spécialiste des papillons. Quelques années plus tard, il devient citoyen amé-
ricain. Son troisième roman en anglais, refusé par les
éditeurs américains, paraît en 1955 à Paris. C'est *Lolita*. Le
roman qui raconte l'amour d'un quadragénaire, Humbert
Humbert, pour une jeune adolescente, Lolita, fait scandale
et assure une célébrité mondiale à son auteur. En 1960,
sa situation matérielle assurée par les droits de ce roman,
il s'installe au Palace Hôtel à Montreux en Suisse où il
continue à écrire : *Feu pâle, Ada ou l'ardeur,* une traduction
commentée d'*Eugène Onéguine* de Pouchkine. En 1962,
Stanley Kubrick adapte *Lolita* au cinéma sur un scénario
de l'écrivain. Vladimir Nabokov meurt à Montreux en
juillet 1977, laissant une œuvre brillante et provocatrice
composée de nombreux romans et nouvelles. En 1990,
paraît un recueil de nouvelles, *La Vénitienne*.

Écrivain cosmopolite, la notion d'exil est profondément
ancrée dans tous ses textes, entrelaçant rêve et réalité.


*Découvrez, lisez ou relisez les livres de Nabokov :*

ADA OU L'ARDEUR (Folio n° 2587)

AUTRES RIVAGES (Folio n° 2296)

LA DÉFENSE LOUJINE (Folio n° 2217)

LE DON (Folio n° 2340)

FEU PÂLE (Folio n° 2252)

LE GUETTEUR (Folio n° 1580)

L'INVITATION AU SUPPLICE (Folio n° 1172)

LOLITA (Folio n° 3532)

MACHENKA (Folio n° 2449)

LA MÉPRISE (Folio n° 2295)

*Un coup d'aile*

PNINE (Folio n° 2339)

REGARDE, REGARDE LES ARLEQUINS (Folio n° 2427)

ROI, DAME, VALET (Folio n° 702)

LA TRANSPARENCE DES CHOSES (Folio n° 2532)

LA VÉNITIENNE ET AUTRES NOUVELLES, *précédé de* Le rire et les rêves *et de* Bois laqué (Folio n° 2493)

LA VRAIE VIE DE SEBASTIEN KNIGHT (Folio n° 1081)

*Un coup d'aile*

1

Quand l'extrémité relevée d'un ski rencontre l'autre, on tombe en avant : une neige brûlante pénètre dans la manche et on a beaucoup de mal à se relever. Kern, qui ne skiait pas depuis longtemps, fut immédiatement en sueur. Pris d'un léger tournis, il ôta son bonnet de laine qui lui chatouillait les oreilles ; il secoua de ses paupières des étincelles humides.

L'atmosphère était gaie et bleu ciel devant l'hôtel aux six rangées de balcons. Les arbres décharnés se dressaient dans une auréole. Sur les épaules des hauteurs enneigées s'éparpillaient d'innombrables traces de skis, tels des cheveux ombrés. Et tout autour, une blancheur gigantesque filait vers le ciel et fusait librement dans le ciel.

Kern gravissait la pente en faisant grincer ses skis. Ayant remarqué la largeur de ses épaules, son profil chevalin et le lustre plein de santé de ses pommettes, l'Anglaise dont il avait fait connaissance la veille, le surlendemain de son arrivée, l'avait pris pour un compatriote. Isabelle — Isabelle volante, comme l'appelaient la foule des jeunes gens lisses et mats au style argentin qui étaient toujours fourrés derrière elle, dans la salle de bal de l'hôtel, sur les escaliers moelleux et les pentes neigeuses dans un pétillement de poussière étincelante… Sa silhouette était légère et vive ; la bouche si éclatante, qu'il semblait que le Créateur, ayant pris dans sa main du carmin chaud, avait saisi la partie inférieure de son visage dans sa paume. Dans ses yeux duveteux pointait un ricanement. Comme une aile, un peigne espagnol était pris dans une vague escarpée de cheveux noirs aux reflets satinés. C'est ainsi que l'avait vue Kern, la veille, quand le son assourdi du gong l'avait fait sortir de la chambre 35 pour aller déjeuner. Le fait qu'ils soient voisins, le numéro de sa chambre correspondant en plus au nombre de ses années, le fait que dans la salle à manger elle fût assise en face de lui à la longue table d'hôte — elle qui était grande et gaie, avec sa robe noire décolletée, un foulard de soie noire autour de son cou nu —, tout cela avait paru à Kern si éloquent que la nostal-

*Un coup d'aile*

gie glauque qui pesait sur lui depuis six mois déjà s'éclaircit durant quelque temps.

Isabelle avait parlé la première, et il n'avait pas été surpris : dans cet immense hôtel qui brûlait solitairement dans un ravin au milieu des montagnes, la vie palpitait piano et leggero après les années mortes de la guerre ; de plus, tout lui était permis, à elle, Isabelle : le clin en biais de ses cils, le rire qui chantait dans sa voix quand elle avait dit en passant le cendrier à Kern : « Il me semble que nous sommes les seuls Anglais ici… » et qu'elle avait ajouté en arrondissant vers la table son épaule transparente prise dans un ruban noir : « Si l'on ne compte pas, bien entendu, la demi-douzaine de rombières, et ce type là-bas, avec son col mis à l'envers… »

Kern avait répondu :

« Vous vous trompez. Je suis sans patrie. Il est vrai que j'ai passé de nombreuses années à Londres. Et de plus… »

Le lendemain matin, il sentit soudain, après six mois d'indifférence quotidienne, comme il était agréable d'entrer dans le cône assourdissant d'une douche glacée. À neuf heures, après avoir pris un petit déjeuner solide et raisonnable, il fit grincer ses skis sur le sable roux dont était parsemé l'éclat nu de la petite route devant le perron de l'hôtel. Ayant gravi la pente neigeuse — en faisant des pas de canard, comme il se doit pour un skieur — il aperçut, au milieu des culottes à carreaux et des visages brûlants, Isabelle.

Elle le salua à l'anglaise, de l'esquisse d'un sourire. Ses skis ruisselaient d'un or olive. La neige enrobait les courroies compliquées qui tenaient ses pieds au bout de ses jambes puissantes, pas comme celles d'une femme, élancées dans leurs grosses bottes et leurs molletières ajustées. Une ombre mauve glissa derrière elle sur une bosse quand, après avoir mis avec désinvolture les mains dans les poches de son blouson de cuir et avoir légèrement placé en avant le ski gauche, elle fila en bas de la pente, de plus en plus vite, prise dans une écharpe flottant au vent, dans des ruissellements de poussière de neige. Ensuite, à pleine vitesse, elle tourna brusquement en pliant avec souplesse un genou, et elle se redressa pour filer plus loin, le long des sapins, le long de la surface turquoise de la patinoire. Deux adolescents en chandail bariolé et un célèbre sportif suédois, au visage de terre cuite et aux cheveux incolores tirés en arrière, filèrent à sa suite.

Kern la rencontra un peu plus tard, près de la petite route bleue sur laquelle surgissaient des gens dans un léger grondement — grenouilles en laine à plat ventre sur des luges. Isabelle fit scintiller ses skis, puis disparut après avoir tourné derrière un névé, et lorsque Kern,

*Un coup d'aile*

honteux de ses gestes maladroits, la rattrapa
dans une combe molle, au milieu des branches
enrobées d'argent, elle fit jouer ses doigts dans
l'air et, en tapant ses skis, fila plus loin. Kern
resta un moment dans les ombres mauves et
soudain, comme une terreur familière, le silence souffla sur lui. Les dentelles des branches
dans l'air émaillé se figeaient, comme dans
un conte effrayant. Les arbres, les arabesques
d'ombres, ses skis lui semblèrent des jouets
étranges. Il sentit qu'il était fatigué, qu'il s'était
écorché le talon et, en s'accrochant à des branches qui dépassaient, il rebroussa chemin. Des
coureurs mécaniques flottaient sur la turquoise
lisse. Au-delà, sur la pente neigeuse, le Suédois
en terre cuite aidait un monsieur longiligne
aux lunettes d'écaille à se remettre sur ses jambes. Celui-ci se débattait dans une poussière
étincelante, tel un oiseau empoté. Comme une
aile arrachée, un ski détaché du pied coula
rapidement sur la pente.

De retour dans sa chambre, Kern se changea
et quand les grondements assourdis du gong
retentirent, il téléphona et commanda du ros-
bif froid, du raisin et une fiasque de chianti.

Il ressentait des courbatures lancinantes dans
ses épaules et ses cuisses.

« Libre à moi de la poursuivre, songea-t-il
avec un ricanement nasillard. Quelqu'un fixe à

ses pieds une paire de planches et jouit de la loi d'attraction. C'est ridicule. »

Vers quatre heures, il descendit dans la vaste salle de lecture où l'âtre de la cheminée respirait de ses braises orangées, où des gens invisibles, dans de profonds fauteuils de cuir, étendaient les jambes sous le poids des journaux grands ouverts. Sur une longue table en chêne traînait un tas de magazines remplis de publicités pour des vêtements, de danseuses et de hauts-de-forme parlementaires. Kern dégota un numéro déchiré du *Tatler* du mois de juin de l'année passée et y contempla longuement le sourire de cette femme qui avait été son épouse durant sept ans. Il se souvint de son visage mort qui était devenu si froid et ferme, des lettres qu'il avait trouvées dans un coffret.

Il repoussa le magazine après avoir fait grincer un ongle sur le papier glacé.

Ensuite, remuant lourdement ses épaules et soufflant à travers une pipe courte, il se rendit dans l'énorme véranda couverte où un orchestre jouait frileusement, alors que des gens aux écharpes vives buvaient du thé fort, prêts à filer de nouveau dans le ciel, sur les pentes qui frappaient les grandes vitres de leur éclat vrombissant. De ses yeux scrutateurs il examina la véranda. Un regard curieux le transperça comme une aiguille qui touche le nerf d'une dent. Il se retourna brusquement.

*Un coup d'aile*

Dans la salle de billard où il était entré en tapinois après avoir poussé avec souplesse la porte en chêne, Monfiori, un petit homme roux et pâle, qui n'admettait que la Bible et le carambolage, se pencha vers la toile émeraude et visa une boule en faisant glisser en avant et en arrière une queue de billard. Kern avait fait sa connaissance quelques jours plus tôt et celui-ci l'avait aussitôt abreuvé de citations des Saintes Écritures. Il disait écrire un gros ouvrage où il démontrait que si l'on appréhendait d'une certaine façon le livre de Job, alors… mais Kern n'avait pas écouté davantage car son attention s'était soudain tournée sur les oreilles de son interlocuteur — pointues, fourrées de poussière canari et avec du duvet roux aux extrémités.

Les boules s'entrechoquèrent, se dispersèrent. Monfiori proposa une partie après avoir soulevé ses sourcils. Il avait des yeux tristes, légèrement globuleux comme ceux d'une chèvre.

Kern était sur le point d'accepter, il frotta même l'extrémité d'une queue avec la craie, mais il ressentit soudain une vague d'ennui sauvage qui faisait geindre son estomac et bourdonner ses oreilles ; il prétexta des courbatures dans le coude et regarda furtivement par la fenêtre la lueur sucrée des montagnes, puis il revint dans la salle de lecture.

Là, les jambes croisées et son soulier verni tressaillant, il contempla de nouveau la photo gris perle — les yeux d'enfant et les lèvres ombrées d'une beauté londonienne —, sa défunte épouse. La première nuit qui avait suivi sa mort volontaire, il était parti à la recherche d'une femme qui lui avait souri au coin d'une rue brumeuse ; il se vengea de Dieu, de l'amour, du destin.

Et maintenant, cette Isabelle avec une vague de rouge à la place de la bouche... Si seulement il pouvait...

Il serra les dents ; les muscles de ses robustes pommettes se contractèrent. Toute sa vie passée se présenta à lui comme une série mouvante de paravents multicolores qui le protégeaient des courants d'air cosmiques. Isabelle : un dernier lambeau criard. Combien y en avait-il déjà eu de ces chiffons de soie, comme il s'était efforcé d'en recouvrir le gouffre noir ! Les voyages, les livres aux couvertures tendres, sept années d'un amour exalté. Ils se boursouflaient, ces lambeaux, à cause du vent dehors, ils se déchiraient, tombaient l'un après l'autre. Mais il était impossible de cacher le gouffre : l'abîme respire, aspire. Il l'avait compris quand l'inspecteur aux gants de daim...

Kern sentit qu'il se balançait en avant et en arrière et qu'une pâle demoiselle aux sourcils roses le regardait derrière son magazine. Il prit le *Times* sur la table, ouvrit les pages gigantesques. Un voile de papier au-dessus de l'abîme. Les gens inventent des crimes, des musées, des jeux à seule fin de se cacher de l'inconnu, du ciel vertigineux. Et maintenant cette Isabelle...

Après avoir rejeté le journal, il s'essuya le front avec son énorme poing et remarqua de nouveau un regard étonné posé sur lui. Il sortit alors lentement de la pièce, le long des jambes qui lisaient, le long de l'âtre orangé de la cheminée. Il s'égara dans les couloirs sonores, se retrouva dans un salon où les pieds blancs des chaises recourbées se reflétaient sur le parquet ; un vaste tableau était suspendu au mur : Guillaume Tell transperçant une pomme sur la tête de son fils ; puis il examina longuement son lourd visage rasé, les filaments de sang dans le blanc de ses yeux, le nœud de sa cravate à carreaux — dans le miroir qui brillait dans les toilettes lumineuses où l'eau gargouillait musicalement, et où un mégot doré, jeté par quelqu'un, flottait dans les profondeurs de la porcelaine.

Derrière les fenêtres, les neiges s'éteignaient et bleuissaient. Le ciel prenait une couleur tendre. Les vantaux de la porte tournante de l'entrée du vestibule plein de vacarme luisaient lentement et laissaient entrer des nuages de buée et des gens au visage resplendissant qui s'ébrouaient, fatigués des jeux de la neige. Les escaliers respiraient de pas, d'exclamations et de rires. Puis l'hôtel fut mort : on se changeait pour le dîner.

Kern, qui somnolait vaguement dans un fauteuil, dans l'obscurité de sa chambre, fut réveillé par le grondement du gong. Ravi de sa soudaine allégresse, il alluma la lumière, fixa les boutons de manchettes de sa chemise tout juste empesée, sortit de la presse grinçante son pantalon noir aplati. Cinq minutes plus tard, sentant une fraîche désinvolture, la masse compacte de ses cheveux sur le haut de son crâne, chaque ligne de ses vêtements impeccables, il descendit dans la salle à manger.

Isabelle n'était pas là. On servit la soupe, le poisson — elle ne venait pas.

Kern regarda avec dégoût les jeunes gens mats, le visage briqueté d'une vieille avec une mouche qui dissimulait un bouton, le petit homme aux yeux de chèvre, et il fixa d'un air maussade la pyramide bouclée des jacinthes dans un pot vert.

Elle arriva seulement quand les instruments nègres se mirent à battre et à hurler dans le salon où Guillaume Tell était accroché.

Elle sentait le givre et le parfum. Ses cheveux semblaient humides. Quelque chose dans son visage surprit Kern.

Elle eut un sourire éclatant alors qu'elle ajustait un ruban noir sur son épaule transparente.

*Un coup d'aile*

« Vous savez, je viens de rentrer. J'ai à peine eu le temps de me changer et d'avaler un sandwich. »

Kern demanda :

« Vous avez vraiment fait du ski jusqu'à maintenant ? Mais il fait complètement nuit ! »

Elle le regarda fixement, et Kern comprit ce qui l'avait frappé : les yeux ; ils scintillaient comme s'ils étaient couverts de givre.

Isabelle glissa doucement sur les voyelles moelleuses de la langue anglaise :

« Bien sûr ! C'était étonnant. Je filais sur les pistes dans l'obscurité, je m'envolais des ressauts. Droit vers les étoiles.

— Vous auriez pu vous tuer », dit Kern.

Elle répéta en fronçant ses yeux duveteux :

« Droit vers les étoiles », et elle ajouta en faisant étinceler sa clavicule nue : « Et maintenant je veux danser… »

L'orchestre nègre éclata et entama une mélodie. Des lanternes japonaises flottaient, multicolores. Sur la pointe des pieds, en faisant des pas rapides ou bien alanguis, la main serrée contre sa main, Kern était tout près d'Isabelle. Un pas — et sa jambe élancée s'appuyait sur lui, un pas — et elle lui cédait la place en souplesse. Le froid parfumé de ses cheveux lui chatouillait la tempe ; sous le plat de sa main droite il sentait les souples modulations de son dos dénudé. Retenant sa respiration, il entrait dans des abîmes sonores, glissait de nouveau de mesure en mesure... Autour de lui flottaient les visages tendus des couples gauches, des yeux distraitement débauchés. Et le chant glauque des cordes était interrompu par les coups de baguettes barbares.

La musique s'accéléra, enfla, éclata et se tut. Tout le monde s'arrêta, puis on applaudit en demandant que la même danse continue. Mais les musiciens décidèrent de reprendre leur souffle.

Kern, qui avait sorti de sa manchette un mouchoir pour s'essuyer le front, suivit Isabelle qui se dirigeait vers la porte en agitant un éventail noir. Ils s'assirent l'un à côté de l'autre sur une des larges marches de l'escalier.

Isabelle dit, sans le regarder :

« Excusez-moi... J'avais l'impression d'être encore dans la neige, dans les étoiles. Je n'ai même pas remarqué si vous dansiez bien. »

Kern jeta vers elle un regard trouble, et c'était comme si elle était plongée dans ses pensées lumineuses, des pensées qui lui étaient inconnues.

Un peu plus bas, un jeune homme vêtu d'une veste très étroite était assis sur une marche avec une demoiselle décharnée qui avait un grain de beauté sur l'omoplate. Quand la musique reprit, le jeune homme invita Isabelle pour un boston. Kern dut danser avec la demoiselle décharnée.

*Un coup d'aile*

Elle sentait une odeur acide de lavande. Des rubans de papier de couleur s'emmêlèrent dans la
salle, gênant les danseurs. L'un des musiciens
s'était collé une moustache blanche et Kern, on
ne sait pourquoi, eut honte pour lui. Quand la
danse fut terminée, il laissa tomber sa partenaire
et fila à la recherche d'Isabelle. Elle n'était nulle
part, ni au buffet ni dans l'escalier.

« Bien sûr. Elle dort », songea brièvement
Kern.

Dans sa chambre, avant de se coucher, il
ouvrit le rideau, il regarda la nuit en ne pen-
sant à rien. Il y avait le reflet des fenêtres sur la
neige sombre devant l'hôtel. Au loin, les cimes
métalliques des montagnes voguaient dans une
lueur sépulcrale.

Il eut l'impression d'avoir regardé la mort. Il
tira soigneusement les rideaux afin que pas le
moindre rayon de lune ne puisse pénétrer dans
la chambre. Mais après avoir éteint la lumière,
il remarqua depuis son lit que le rebord de
l'étagère en verre brillait. Il se leva alors et s'af-
faira longuement près de la fenêtre en maudis-
sant ces éclaboussures de lune. Le sol était
froid comme du marbre.

Quand Kern ferma les yeux après avoir défait
la ceinture de son pyjama, des pentes glissantes
s'écoulèrent en dessous de lui ; et son cœur se
mit à battre bruyamment comme s'il s'était tu
toute la journée et qu'il profitait maintenant du

silence. Il eut peur d'écouter ces battements. Il se souvint comment une fois, avec sa femme, il passait à côté d'une boucherie par un jour très venteux, et sur un crochet se balançait une carcasse de bœuf qui cognait contre le mur avec un bruit sourd. Exactement comme son cœur maintenant. Et sa femme fronçait les yeux à cause du vent en tenant son large chapeau, et elle disait que la mer et le vent la rendaient folle, qu'il fallait partir, partir…

Kern se retourna prudemment afin que sa poitrine n'éclate pas à cause des coups distincts.

« Impossible de continuer ainsi », marmonna-t-il dans son oreiller en ramenant ses jambes contre lui à cause de son angoisse. Il se mit sur le dos en regardant le plafond où les rayons qui s'étaient faufilés formaient des traces blanches — comme des côtes.

Quand il fronça de nouveau les yeux, de douces étincelles volèrent devant lui, puis des spirales transparentes qui se dévissaient sans fin. Les yeux enneigés et la bouche enflammée d'Isabelle surgirent, et de nouveau des étincelles, des spirales. Son cœur se serra un instant en une boule acérée ; il se gonfla, il cogna.

« Impossible de continuer ainsi, je deviens fou. À la place de l'avenir, il y a un mur noir. Il n'y a rien. »

Il crut voir des rubans de papier glisser sur son visage. Ils bruissent subtilement et se dé-

*Un coup d'aile*

chirent. Et les lanternes japonaises déversent une houle colorée sur le parquet. Il danse, il avance.

« Il faudrait la desserrer comme ça, l'ouvrir… Et ensuite… »

Et la mort se présenta à lui comme un songe lisse, une chute molle. Ni pensées, ni battements de cœur, ni courbatures.

Les côtes lunaires sur le plafond avaient imperceptiblement changé de place. Des pas résonnèrent doucement dans le couloir, un verrou claqua quelque part, une légère sonnerie s'envola — et de nouveau des pas de toutes sortes : marmonnement de pas, balbutiement de pas…

« Cela veut dire que le bal est terminé », pensa Kern. Il retourna l'oreiller étouffant.

Maintenant l'énorme silence se figeait tout autour. Seul son cœur chancelait, serré et oppressant. Kern trouva à tâtons la carafe sur la table de nuit, il avala une gorgée au goulot. Une eau glaciale ruissela et brûla son cou, une clavicule.

Il se mit à se rappeler les moyens de s'endormir : il imagina des vagues qui se précipitaient régulièrement sur le rivage. Puis des moutons, gros et gris, qui traversaient lentement une haie. Un mouton, un deuxième, un troisième…

« Et Isabelle dort dans la chambre voisine, pensa Kern, Isabelle dort dans son pyjama jaune probablement. Le jaune lui va bien. Une couleur espagnole. Si je grattais le mur avec un ongle, elle l'entendrait. Ah ! ces intermittences… »

Il s'endormit à l'instant où il commençait à se demander s'il valait la peine d'allumer la lampe et de lire quelque chose. Il y a un roman français qui traîne sur le fauteuil. Le coupe-papier en ivoire glisse, coupe les pages. Une, deux…

Il se réveilla au milieu de la pièce ; il se réveilla à cause d'un sentiment de terreur insoutenable. Cette terreur l'avait fait tomber de son lit. Il avait rêvé que le mur près duquel se trouvait le lit s'était mis à s'écrouler lentement sur lui — et il s'était écarté d'un bond en soupirant convulsivement.

Kern se mit à chercher la tête du lit à tâtons et, l'ayant trouvée, il se serait rendormi aussitôt, s'il n'y avait eu un bruit qui avait retenti derrière le mur. Il ne comprit pas tout de suite d'où provenait ce bruit, et comme il avait tendu l'oreille, sa conscience, qui allait glisser sur la pente du sommeil, s'éclaircit brusquement. Le bruit se répéta : dzin ! et il y eut un déferlement épais de cordes de guitare.

Kern se souvint qu'Isabelle était, en effet, dans la chambre voisine. Aussitôt, comme en écho à ses pensées, son rire éclata légèrement derrière le mur. Deux fois, trois fois la guitare

*Un coup d'aile* 29

trembla et se répandit. Et ensuite un aboiement étrange et saccadé retentit, puis se tut.

Kern, assis sur le lit, dressa l'oreille, surpris. Il se représenta un tableau absurde : Isabelle avec une guitare et un dogue immense levant vers elle des yeux pleins de bonheur. Il plaqua son oreille contre le mur froid. L'aboiement retentit de nouveau, la guitare cliqueta comme sous l'effet d'une pichenette et un bruissement incompréhensible s'éleva par vagues comme si là, dans la pièce voisine, un vent énorme s'était mis à tournoyer. Le bruissement s'étira en un doux sifflement et la nuit s'emplit de nouveau de silence. Puis des battants se heurtèrent : Isabelle fermait la fenêtre.

« Elle est inlassable, songea-t-il : un chien, une guitare, des courants d'air glacials. »

Tout était calme maintenant. Isabelle, après avoir éconduit les bruits qui égayaient sa chambre, s'était probablement couchée ; elle dormait.

« Au diable ! Je n'y comprends rien. Chez moi, il n'y a rien. Au diable, au diable ! » gémit Kern en s'enfouissant dans l'oreiller. Une fatigue de plomb lui pesait sur les tempes. Il y avait dans ses jambes une angoisse, des fourmis insupportables. Il grinça longuement dans l'obscurité, en se retournant lourdement. Les rayons sur le plafond s'étaient éteints depuis longtemps.

2

Le lendemain Isabelle n'apparut qu'au déjeuner.

Depuis le matin le ciel était aveuglant de blancheur, le soleil ressemblait à la lune ; puis la neige se mit à tomber tout droit. Des flocons abondants, comme des mouchetures sur un voile blanc, formaient un rideau obstruant la vue des montagnes, des sapins alourdis, de la turquoise estompée de la patinoire. Des flocons gros et mous bruissaient sur les vitres des fenêtres, tombaient, tombaient sans fin. Si on les regardait longuement, on avait peu à peu l'impression que tout l'hôtel voguait doucement vers le ciel.

« J'étais si fatiguée hier soir, dit Isabelle en s'adressant à son voisin, un jeune homme au front haut et olive, aux yeux en amande, si fatiguée que j'ai décidé de traîner au lit.

— Vous avez une mine époustouflante aujourd'hui », dit le jeune homme en étirant ses mots avec une amabilité exotique.

Elle gonfla drôlement ses narines.

Kern, l'ayant regardée à travers les jacinthes, dit froidement :

« Je ne savais pas, miss Isabelle, que vous aviez

*Un coup d'aile*

un chien dans votre chambre, ainsi qu'une guitare. »

Il eut l'impression que ses yeux duveteux
étaient devenus plus étroits encore, à cause
d'un souffle de trouble. Elle fit ensuite jaillir
un sourire : du carmin et de l'ivoire.

« Hier, vous avez trop longtemps fait la fête
dans cette musique, *mister* Kern », répondit-elle,
et le jeune homme olive comme le petit monsieur qui ne reconnaissait que la Bible et le
billard éclatèrent de rire, le premier d'un gros
rire sonore, le second tout doucement et les
sourcils relevés.

Kern eut un regard sournois et dit :

« Je vous demanderais, d'une manière géné-
rale, de ne pas jouer la nuit. J'ai le sommeil très
léger. »

Isabelle lacéra son visage d'un regard étince-
lant et furtif.

« Dites cela à vos rêves, pas à moi ! »

Et elle parla à son voisin de la compétition
de ski qui avait lieu le lendemain.

Kern sentait depuis quelques minutes déjà
que ses lèvres s'étiraient en un ricanement
convulsif qu'il ne pouvait retenir. Celui-ci se
tordait douloureusement à la commissure des
lèvres — et soudain, Kern eut envie de tirer la
nappe de la table, de lancer contre le mur le
pot de jacinthes.

Il se leva en essayant de dissimuler un tremblement insupportable et, sans voir quiconque, il sortit de la pièce.

« Que m'arrive-t-il ? demanda-t-il à son angoisse.

— Qu'est-ce que c'est ? »

Il ouvrit une valise d'un coup de pied, puis se mit à ranger ses affaires — aussitôt il eut le tournis ; il laissa tomber et se remit à marcher dans la pièce. Il bourra hargneusement sa pipe courte. Il s'assit dans le fauteuil près de la fenêtre derrière laquelle la neige tombait avec une régularité écœurante.

Il était arrivé dans cet hôtel, dans cet endroit glacial et à la mode qu'est Zermatt pour allier les impressions d'un silence blanc avec l'agrément de connaissances faciles et chatoyantes, car la solitude complète est ce dont il avait le plus peur. Mais maintenant il avait compris que les visages des gens lui étaient également insupportables, que la neige lui provoquait des bourdonnements dans la tête, qu'il ne possédait pas cette alacrité inspirée et cette tendre obstination sans lesquelles la passion est impuissante. Et pour Isabelle, la vie était probablement un merveilleux vol à skis, un rire impétueux, un parfum et un froid glacial.

Qui est-elle ? Une diva photographique qui a repris sa liberté de force ? Ou bien la fille fugueuse d'un lord arrogant et fielleux ? Ou simplement l'une de ces femmes de Paris —

dont l'argent vient d'on ne sait où ? Pensée vulgaire…

Mais elle a un chien pourtant, quand bien même elle le nierait : un dogue au poil lisse, sans doute. Avec un nez froid et des oreilles chaudes. Et la neige continue de tomber — pensait confusément Kern. Mais j'ai dans ma valise… Et tel un ressort qui se serait détendu après avoir cliqueté dans son cerveau :

« Un parabellum. »

Jusqu'au soir il lambina à travers l'hôtel, froissa sèchement les journaux dans la salle de lecture ; il voyait de la fenêtre du vestibule Isabelle, le Suédois et quelques jeunes gens qui avaient une veste enfilée sur un chandail à franges monter dans un traîneau relevé comme un cygne. De petits chevaux grivelés faisaient tinter leur harnachement de fête. La neige tombait doucement et dru. Isabelle, couverte de petites étoiles blanches, s'esclaffait, riait au milieu de ses compagnons, et quand le traîneau s'ébranla et démarra, elle se renversa en arrière après avoir frappé et battu dans ses moufles en fourrure.

Kern se détourna de la fenêtre.

« File, file… Peu importe… »

Plus tard, au cours du dîner, il essaya de ne pas la regarder. Elle était en fête, joyeuse et émue, et ne faisait pas attention à lui. À neuf heures, la musique nègre se remit à geindre et à glousser. Kern, pris de frissons d'angoisse, se tenait près du jambage de la porte : il regardait les couples qui se collaient l'un contre l'autre, l'éventail noir et bouclé d'Isabelle.

Une voix douce lui dit tout près de son oreille :

« Allons au bar… Voulez-vous ? »

Il se retourna et vit des yeux mélancoliques de chèvre et des oreilles au duvet roux.

Il y avait au bar une lumière tamisée rouge vif ; les volants des abat-jour se reflétaient dans les tables en verre. Près du bar métallique, trois messieurs étaient assis sur de hauts tabourets — tous les trois avec des guêtres blanches, les jambes serrées, aspirant à travers une paille des boissons colorées. De l'autre côté du bar, où des bouteilles multicolores luisaient sur des étagères comme une collection de scarabées ventrus, un homme gras aux moustaches noires, vêtu d'un smoking framboise, mélangeait les cocktails avec un art extraordinaire. Kern et Monfiori choisirent une table dans le velours d'un recoin du bar. Un garçon ouvrit une longue liste de boissons avec le soin et la vénération d'un pharmacien montrant un livre précieux.

« Nous boirons successivement un verre de chaque, lui dit Monfiori de sa voix triste et assourdie. Et quand nous arriverons à la fin, nous recommencerons. Nous choisirons alors seulement ce qui est à notre goût. Peut-être nous arrêterons-nous sur une seule et nous

*Un coup d'aile*

nous en délecterons longuement. Ensuite, nous recommencerons du début. »

Il regarda le garçon d'un air songeur :

« Compris ? »

Le serveur inclina la raie de ses cheveux.

« C'est ce qu'on appelle les errances de Bacchus, dit avec un ricanement désolé Monfiori qui s'adressa à Kern. Certains appliquent ce procédé dans la vie également. »

Kern étouffa un bâillement frileux.

« Vous savez, ça se termine par des vomissements. »

Monfiori soupira. Il vida son verre. Il fit claquer ses lèvres. Il traça une croix avec un portemine devant le premier numéro de la liste. Deux profonds sillons allaient des ailes de son nez jusqu'aux commissures de ses lèvres fines.

Après le troisième verre, Kern alluma en silence une cigarette. Après le sixième — c'était un mélange douceâtre de chocolat et de champagne — il eut envie de parler.

Il émit un rond de fumée ; il secoua la cendre de son ongle jaune en fronçant les yeux.

« Dites-moi, Monfiori, que pensez-vous de — comment déjà ? — de cette Isabelle ?…

— Vous n'obtiendrez rien d'elle, répondit Monfiori. Elle est de la race des glisseuses. Elle ne recherche que des frôlements.

— Mais elle joue la nuit de la guitare, elle fait du tapage avec un chien. C'est répugnant, n'est-ce pas ? » dit Kern, après avoir écarquillé les yeux sur son verre.

Monfiori soupira une fois encore :

« Mais laissez-la donc tomber. Vraiment...

— Je pense que vous dites cela par jalousie », commença à répondre Kern.

L'autre l'interrompit doucement.

« C'est une femme. Moi, voyez-vous, j'ai d'autres goûts. »

Il toussota pudiquement. Il mit une croix.

Les boissons rubis furent remplacées par des boissons dorées. Kern sentait son sang devenir sucré. Sa tête était embrumée. Les guêtres blanches avaient quitté le bar. Les battements et les mélodies de la lointaine musique s'étaient tus.

« Vous dites qu'il faut choisir..., poursuivit-il d'une voix épaisse et indolente. Moi, comprenez-vous, j'ai atteint le point où... Écoutez donc : j'avais une femme. Elle est tombée amoureuse d'un autre. Il se trouve que c'était un voleur. Il volait des automobiles, des colliers, des fourrures... Et elle s'est empoisonnée. Avec de la strychnine.

— Et vous croyez en Dieu ? » demanda Monfiori avec l'allure de l'homme qui enfourche son dada. « Dieu existe, vous savez. »

Kern eut un rire qui sonnait faux.

« Le Dieu de la Bible. Un vertébré gazeux... Je n'y crois pas.

— Ça vient de Huxley, remarqua d'un air patelin Monfiori. Mais il y a eu un Dieu de la Bible… Le fait est qu'Il n'est pas seul ; ils sont nombreux les dieux de la Bible… Une multitude… Parmi eux, mon préféré c'est… "Par un de ses éternuements se manifeste la lumière ; ses yeux sont comme les cils de l'aube." Vous comprenez ? Vous comprenez ce que cela signifie ? Hein ? Et ensuite : "… les parties charnues de son corps sont soudées fermement entre elles, elles ne tressaillent pas." Quoi ? Quoi ? Vous comprenez ?

— Arrêtez ! cria Kern.

— Non ! écoutez, écoutez ! "Il transforme la mer en un onguent bouillant ; il laisse derrière lui un sentier lumineux ; l'abîme semble être une chevelure blanche" !

— Mais arrêtez à la fin ! l'interrompit Kern. Je veux vous dire que j'ai décidé de me suicider… »

Monfiori le regarda d'un air troublé et attentif après avoir posé sa paume sur le verre. Il se tut.

« C'est bien ce que je pensais, dit-il avec une douceur inattendue. Aujourd'hui, lorsque vous regardiez les danseurs et avant, quand vous vous êtes levé de table… Il y avait quelque chose sur votre visage… Un pli entre les sourcils… particulier… J'ai tout de suite compris… »

Il se calma en caressant le rebord de la table.

« Écoutez ce que je vais vous dire », poursuivit-il en baissant ses lourdes paupières mauves
dans les verrues de ses cils. « Je cherche partout
des hommes comme vous, dans les hôtels de
luxe, les trains, dans les stations balnéaires, la
nuit, sur les quais des grandes villes. »

Un petit ricanement rêveur glissa sur ses
lèvres.

« Je me souviens, un jour à Florence… »

Il leva lentement ses yeux de chèvre :

« Écoutez, Kern, je veux être présent… Je
peux ? »

Kern, qui avait figé ses épaules voûtées, sentit
un froid dans sa poitrine sous sa chemise empesée.

« Nous sommes ivres tous les deux…, dit-il,
comme une idée qui lui avait traversé le cerveau. Il est effrayant.

— Je peux ? répéta Monfiori en étirant les
lèvres. Je vous le demande avec beaucoup d'insistance. »

Il l'effleura de sa main velue et froide…

Kern tressauta après avoir lourdement vacillé ;
il se leva de table.

« Allez au diable ! Laissez-moi… Je plaisan-
tais… »

Monfiori le regardait avec une attention toujours aussi vive, en le buvant du regard.

« J'en ai assez de vous ! J'en ai assez de tout. »
Kern s'élança après avoir claqué des mains et le

*Un coup d'aile*

regard de Monfiori s'interrompit, comme après un baiser…

« Bavardages ! Marionnette !… Quelle plaisanterie !… Basta !… »

Il se cogna douloureusement une côte contre le rebord de la table. Le gros couleur framboise derrière son bar vacillant bomba son échancrure blanche, se mit à nager au milieu de ses bouteilles, comme dans un miroir tordu. Kern traversa les vagues qui avaient déferlé sur le tapis, se heurta l'épaule contre une porte de verre qui était par terre.

L'hôtel dormait profondément. Après avoir laborieusement gravi l'escalier moelleux, il trouva sa chambre. La clé était sur la porte voisine. Quelqu'un avait oublié de s'enfermer. Des fleurs serpentaient dans la lumière glauque du couloir. Il fouilla longuement le mur de sa chambre à la recherche du bouton de l'électricité. Puis il s'écroula dans le fauteuil près de la fenêtre.

Il pensa qu'il devait écrire des lettres. Des lettres d'adieu. Mais l'ivresse épaisse et poisseuse l'avait affaibli. Un bourdonnement sourd tournoyait dans ses oreilles, des vagues glaciales soufflaient sur son front. Il fallait écrire une lettre, et il y avait encore quelque chose qui ne le laissait pas en paix. Exactement comme s'il était sorti de chez lui et avait oublié son portefeuille. Dans la noirceur miroitante de la fenêtre se reflétaient le bord de son col, son front blême. Il avait éclaboussé de gouttelettes d'ivresse le devant de sa chemise. Il faut écrire une lettre — non, ce n'est pas ça. Et soudain quelque chose surgit devant ses yeux. La clé ! La clé qui était sur la porte voisine…

Kern se leva péniblement, sortit dans le couloir glauque. Un morceau de plastique brillant était suspendu à l'immense clé, avec le chiffre 35. Il s'arrêta devant cette porte blanche. Un frisson avide s'écoula le long de ses jambes.

Un vent glacial lui cingla le front. Dans la vaste chambre éclairée, la fenêtre était grande ouverte. Sur le large lit, Isabelle était étendue sur le dos dans un pyjama jaune ouvert. Elle avait laissé tomber un bras clair ; entre ses doigts se consumait une cigarette. Le sommeil l'avait apparemment surprise sans crier gare.

Kern s'assit sur le bord du lit. Il heurta son genou contre une chaise sur laquelle une guitare résonna à peine. Les cheveux bleus d'Isabelle étaient étalés sur l'oreiller en petits cercles. Il regarda ses paupières sombres, l'ombre tendre entre ses seins. Il secoua la couverture. Elle ouvrit aussitôt les yeux. Alors Kern, comme voûté, dit :

« J'ai besoin de votre amour. Demain je me tirerai une balle. »

Il n'avait jamais rêvé qu'une femme — même prise au dépourvu — puisse avoir aussi peur.

*Un coup d'aile*

D'abord, Isabelle se figea, puis elle s'agita après s'être retournée vers la fenêtre ouverte, et à l'instant même elle glissa de son lit, passa à côté de Kern, la tête baissée comme si elle avait peur d'un coup venu d'en haut.

La porte claqua. Des feuilles de papier à lettres s'envolèrent de la table.

Kern resta debout au milieu de la vaste pièce éclairée. Sur la table de nuit il y avait du raisin mauve et doré.

« Folle ! » dit-il à haute voix.

Il haussa difficilement les épaules. Il eut un long frisson à cause du froid — comme un cheval. Et soudain il se pétrifia.

Derrière la fenêtre s'élevait, volait, s'approchait en secousses ondoyantes un aboiement rapide et enjoué. Un instant plus tard, l'ouverture de la fenêtre, le carré de nuit noire furent emplis, furent bouillonnants d'une masse de fourrure tempétueuse. Cette fourrure moelleuse cacha d'un ample et bruyant battement le ciel nocturne, d'un montant à l'autre de la fenêtre. Un instant plus tard elle se gonfla d'un coup, s'engouffra de côté, s'étala. Dans les battements sifflants de la fourrure luxuriante surgit un visage blanc. Kern saisit le manche de la guitare, frappa de toutes ses forces ce visage blanc qui volait vers lui. Le bord d'une aile gigantesque le faucha comme une tempête duveteuse. Kern fut saisi par une odeur animale. Il se leva après s'être dégagé.

Au milieu de la pièce était étendu un ange énorme.

Il emplissait la pièce entière, l'hôtel entier, le monde entier. L'aile droite était repliée, un angle appuyé sur l'armoire à glace. Celle de gauche oscillait péniblement en s'accrochant aux pieds de la chaise renversée. La chaise roulait par terre en avant et en arrière. Le pelage marron des ailes fumait, le givre fondait. Étourdi par le coup, l'ange s'appuyait sur les paumes, comme un sphinx. Des veines bleues se gonflaient sur ses mains blanches ; il y avait des trous d'ombre sur ses épaules, le long des clavicules. Les yeux, allongés, comme myopes, vert pâle comme l'air avant l'aube, regardaient Kern sans ciller sous des sourcils droits et broussailleux.

Kern, qui avait du mal à respirer à cause de l'odeur forte de la fourrure mouillée, restait immobile, dans l'impassibilité d'une peur extrême, examinant les ailes géantes qui fumaient, le visage blanc.

Derrière la porte, dans le couloir, retentit un bruit assourdi. Alors un autre sentiment saisit Kern : une honte oppressante.

Il s'était mis à avoir honte, au point d'avoir mal, d'être terrorisé que l'on puisse à tout ins-

*Un coup d'aile*

tant entrer et le trouver en compagnie de cet être incroyable.

L'ange soupira bruyamment, il remua ; ses bras s'étaient affaiblis ; il tomba sur sa poitrine, agita une aile. Kern, en grinçant des dents, en s'efforçant de ne pas regarder, se pencha au-dessus de lui, enlaça une montagne de pelage humide et odorant, des épaules froides et pois-seuses. Il remarqua avec une frayeur écœurante que les pieds de l'ange étaient blancs et sans os, qu'il ne pouvait se tenir debout. L'ange n'op-posait pas de résistance. Kern le traîna à la hâte vers l'armoire à glace, en écarta une porte et il se mit à faire entrer, à enfourner les ailes dans les profondeurs grinçantes. Il les prenait par le bord, essayait de les plier, de les entasser. Les plis de la fourrure lui frappaient la poitrine en se déroulant. Enfin, il poussa vigoureusement la porte. Et au même instant un hurlement déchirant et insupportable s'arracha de l'inté-rieur, un hurlement de bête écrasée par une roue. Ah ! il lui avait coincé une aile. Un bout d'aile sortait par une fente. Kern entrouvrit la porte, puis repoussa avec sa main l'extrémité bouclée. Il tourna la clé dans la serrure.

Tout devint très calme. Kern sentit que des larmes brûlantes coulaient sur son visage. Il soupira et se précipita dans le couloir. Isabelle — un monticule de soie noire — était couchée, recroquevillée contre le mur. Il la souleva dans ses bras, la porta dans sa chambre, la posa sur son lit. Puis il sortit de sa valise le lourd parabellum, introduisit le chargeur et en courant, sans respirer, il s'engouffra de nouveau dans la chambre 35.

Deux moitiés d'une assiette cassée faisaient une tache blanche sur le tapis. Le raisin était éparpillé.

Kern se vit dans la glace de la porte de l'armoire : une mèche de cheveux tombant sur un sourcil, son revers empesé avec des éclaboussures rouges, un scintillement longitudinal sur la bouche du pistolet.

« Il faut l'achever », s'écria-t-il sourdement et il ouvrit l'armoire.

Seulement un tourbillon de duvet odorant. Des flocons marron qui tournoyaient en luisant dans la chambre. L'armoire était vide. Il y avait en bas la tache blanche d'un carton à chapeau, écrasé.

Kern s'approcha de la fenêtre, jeta un coup d'œil. De petits nuages velus voguaient en direction de la lune et respiraient tout autour, tels des arcs-en-ciel blafards. Il ferma les battants, remit la chaise à sa place, ramassa sous le lit les flocons de duvet marron. Il sortit ensuite prudemment dans le couloir. Tout était calme comme avant. Les gens dorment à poings fermés dans les hôtels de montagne.

*Un coup d'aile*

Et quand il revint dans sa chambre, il vit Isabelle dont les jambes nues tombaient du lit ; elle tremblait, la tête serrée dans les mains. Il eut honte, comme tout à l'heure quand l'ange l'avait regardé de ses étranges yeux verdâtres.

« Dites-moi… où est-il ? » dit Isabelle en respirant de façon saccadée.

Kern, qui s'était détourné, s'approcha de la table, s'assit, ouvrit le buvard et répondit :

« Je ne sais pas. »

Isabelle rentra ses jambes sous les draps.

« Puis-je rester chez vous… en attendant ? J'ai si peur… »

Kern acquiesça silencieusement. Il se mit à écrire en retenant un tremblement de sa main. Isabelle reprit la parole — d'un ton frémissant et sourd — mais, on ne sait pourquoi, Kern eut l'impression que sa frayeur avait quelque chose de féminin, d'ordinaire.

« Je l'ai rencontré hier, quand je volais sur mes skis dans l'obscurité. La nuit, il est resté chez moi. »

Kern, essayant de ne pas écouter, écrivait d'une large écriture :

« Mon cher ami. Voici ma dernière lettre. Je n'ai jamais pu oublier la façon dont tu m'as aidé quand le malheur m'a accablé. Il vit sans doute sur les cimes où il chasse des aigles des montagnes et se nourrit de leur chair… »

Il se reprit, biffa brutalement ce qu'il avait écrit, prit une autre feuille. Isabelle sanglotait, le visage enfoui dans l'oreiller.

« Comment vivre maintenant ?... Il se vengera de moi... Ô mon Dieu !... »

« Mon cher ami, écrivait rapidement Kern, elle cherchait des effleurements inoubliables et maintenant voilà qu'apparaît chez elle une bestiole ailée... Ah... Au diable ! »

Il chiffonna la feuille.

« Essayez de vous endormir, dit-il à Isabelle par-dessus son épaule. Demain vous partirez. Au couvent. »

Elle roula plusieurs fois les épaules. Puis elle se calma.

Kern écrivait. Devant lui souriaient les yeux du seul homme au monde avec lequel il pouvait parler librement et se taire. Il lui écrivait que la vie était finie, qu'il sentait depuis peu qu'à la place d'avenir un mur noir se dressait devant lui, et qu'après ce qui venait de se passer, un homme ne pouvait et ne devait pas vivre. « Demain à midi je mourrai, écrivait Kern, demain parce que je veux mourir en pleine possession de mes forces, dans la sobre lumière du jour. Maintenant je suis trop ému. »

Quand il eut terminé, il s'assit dans le fauteuil près de la fenêtre. Isabelle dormait, respirant de façon à peine audible. Une lassitude écrasante lui pesa sur les épaules. Le sommeil tomba sur lui en un brouillard tendre.

### 3

Il se réveilla car on frappait à la porte. Un azur glacial s'écoula de la fenêtre.

« Entrez ! » dit-il en s'étirant.

Un domestique posa sans bruit sur la table un plateau avec une tasse de thé, salua et sortit.

Kern éclata de rire en son for intérieur : « Mais je suis dans un smoking froissé ! »

Et il se souvint aussitôt de ce qui s'était passé cette nuit. Il tressaillit et regarda le lit. Isabelle n'était pas là. Elle était certainement allée chez elle au petit matin. Et maintenant, bien sûr, elle était partie… Il entrevit des ailes marron et duveteuses. Il se leva rapidement, ouvrit la porte du couloir.

« Écoutez ! cria-t-il au dos du domestique qui s'éloignait, prenez une lettre ! »

Il s'approcha de la table, fouilla. Le garçon attendait dans l'entrebâillement de la porte. Kern explora toutes ses poches, regarda sous le fauteuil.

« Vous pouvez partir. Je la donnerai plus tard au concierge. »

La raie des cheveux s'inclina, la porte se ferma doucement.

Kern était dépité d'avoir perdu la lettre. Cette lettre-là précisément. Il y avait exprimé si bien, d'une manière si coulante et simple tout ce qu'il fallait. Maintenant il ne pouvait se souvenir de ces mots. Des phrases absurdes émergeaient. Oui, la lettre était merveilleuse.

Il se mit à la réécrire, mais elle était froide, alambiquée. Il la cacheta. Il écrivit nettement l'adresse.

Il se sentait l'âme étrangement légère. À midi il se tirerait une balle, et un homme qui a décidé de se suicider est un dieu.

Une neige de sucre scintillait par la fenêtre. Il fut attiré là-bas, pour la dernière fois.

Les ombres des arbres givrés s'étendaient sur la neige comme des plumes bleues. Des clochettes tintaient quelque part, épaisses et douces. Beaucoup de gens sortaient : des demoiselles avec des bonnets de laine qui se déplaçaient peureusement et maladroitement sur leurs skis ; des jeunes gens qui s'interpellaient bruyamment en expirant des nuages de rire ; mais aussi des gens d'un certain âge, pourpres de tension ; et un petit vieillard sec aux yeux bleus, qui tirait derrière lui une luge veloutée. Kern songea furtivement : pourquoi ne pas frapper le visage du vieillard à tour de bras, comme ça, simplement... Maintenant tout est permis... Il éclata de rire... Il y avait longtemps qu'il ne s'était pas si bien senti.

Ils se rendaient tous à l'endroit où avait commencé la compétition de ski. C'était une pente élevée et raide qui se transformait en son milieu en une surface neigeuse qui s'interrompait nettement pour former un ressaut rectangulaire. Un skieur, après avoir glissé sur la pente abrupte, s'envola du ressaut vers l'air azuré ; il vola en écartant les bras, et après s'être posé debout sur la pente, il glissa plus loin. Le Suédois venait de battre son propre record et, loin en bas, dans un tourbillon de poussière argentée, il tourna brusquement en écartant une jambe pliée.

Deux autres hommes descendirent encore vêtus d'un chandail noir ; ils sautèrent et percutèrent en souplesse contre la neige.

« C'est maintenant Isabelle qui va s'envoler », dit une voix douce près de l'épaule de Kern. Kern songea rapidement : « Est-il possible qu'il soit encore ici... Comment peut-elle... » Il regarda celui qui parlait. C'était Monfiori. Avec son chapeau melon enfoncé sur ses oreilles décollées, son petit manteau noir au col de velours terne rayé, il se distinguait comiquement de la foule désinvolte en laine. « Pourquoi ne pas lui raconter ? » songea Kern.

Il repoussa avec dégoût les ailes marron et odorantes : il ne faut pas y penser.

Isabelle avait gravi la montagne. Elle se retourna pour dire quelque chose à son compagnon, joyeusement, joyeusement comme toujours. Kern eut peur de cette joie. Il lui sembla qu'au-dessus des neiges, au-dessus de l'hôtel en verre, au-dessus des gens petits comme des jouets quelque chose était apparu, un frémissement, un reflet...

« Comment allez-vous aujourd'hui ? » demanda Monfiori en frottant ses mains mortes.

En même temps, des voix retentirent tout autour :

« Isabelle ! Isabelle volante ! »

Kern leva la tête. Elle filait à toute allure sur la pente abrupte. Un instant plus tard, il vit un visage lumineux, un éclat sur les cils. Dans un léger sifflement, elle glissa sur le tremplin, s'envola, resta suspendue dans les airs, crucifiée. Et puis...

Personne, bien entendu, ne pouvait s'attendre à cela. Isabelle, en plein vol, s'était convulsivement recroquevillée et était tombée comme une pierre ; elle avait roulé en zigzaguant avec ses skis dans des vagues de neige.

Aussitôt il la perdit de vue à cause de tous les dos des gens qui se précipitaient vers elle. Kern, qui avait soulevé ses épaules, s'approcha lentement. Clairement, comme écrit par une grande écriture, il vit se dresser devant lui : la vengeance, un coup d'aile.

*Un coup d'aile*                                        51

Le Suédois et le monsieur longiligne aux lunettes d'écaille se penchèrent au-dessus d'Isabelle. Le monsieur aux lunettes tâta le corps immobile avec des gestes professionnels. Il marmonnait : « Je ne comprends pas... La cage thoracique est brisée... »

Il lui souleva la tête. Un visage mort, comme dénudé, apparut.

Kern se retourna en faisant grincer son talon, et marcha fermement en direction de l'hôtel. À côté de lui trottinait Monfiori, il courut devant lui, le regarda dans les yeux.

« Je monte tout de suite chez moi, dit Kern en essayant d'avaler, de retenir un rire sanglotant. En haut... Si vous voulez venir avec moi... »

Le rire atteignit la gorge, se mit à bouillonner. Kern montait l'escalier comme un aveugle. Monfiori le soutenait timidement et avec empressement[*].

---

[*] « Oudar kryla ». Nouvelle écrite à Berlin en 1923 et publiée dans *Rousskoïé Ekho* en janvier 1924. Brian Boyd note dans sa biographie de Nabokov (*Vladimir Nabokov, 1. Les années russes*, Éditions Gallimard, 1992, p. 258) les éléments autobiographiques de cette nouvelle « suisse ». Nabokov se rendit en Suisse pour la première fois le 5 décembre 1921 en compagnie de l'un de ses condisciples de faculté de Cambridge, Bobby de Calry ; après avoir fait du ski à Saint-Moritz, il rendit visite à Lausanne à Cécile Miauton, son ancienne gouvernante française, qu'il appelle « Mademoiselle » dans *Autres rivages*, son autobiographie.

*La Vénitienne*

# 1

Devant le château rouge, au milieu des ormes magnifiques, le court était recouvert d'un gazon verdoyant. Tôt le matin, le jardinier l'avait damé avec un rouleau de pierre, il avait arraché deux ou trois marguerites et, après avoir tiré de nouveaux traits sur le gazon avec de la craie en poudre, il avait tendu vigoureusement entre les deux poteaux un nouveau filet élastique. Le majordome avait apporté de la bourgade voisine une boîte en carton où étaient disposées une douzaine de balles blanches comme neige, mates au toucher, légères encore, encore vierges, enveloppées chacune séparément dans des feuilles de papier transparent, comme des fruits précieux.

Il était environ cinq heures de l'après-midi ; la lumière aveuglante du soleil somnolait çà et là sur l'herbe, sur les troncs, sourdait à travers les feuilles et inondait placidement le terrain qui avait repris vie. Quatre personnes jouaient : le colonel lui-même — propriétaire du château —, Mme Magor, Frank — le fils du propriétaire — et Simpson, son camarade d'université.

Les mouvements d'un joueur durant une partie sont exactement les mêmes que son écriture au repos : ils sont très parlants sur lui-même. À en juger par les coups empotés et secs du colonel, par l'expression tendue de son visage charnu qui, semblait-il, venait de cracher ces moustaches grises et lourdes formant un tas au-dessus de la lèvre ; à en juger par son col de chemise qu'il ne dégrafait pas malgré la chaleur et par les balles qu'il passait après avoir planté l'un contre l'autre les poteaux blancs de ses jambes, on pouvait en conclure, premièrement, qu'il n'avait jamais bien joué et que, deuxièmement, il était un homme posé, suranné, obtus, parfois sujet à des bouffées pétillantes de colère : ainsi, ayant envoyé la balle dans les rhododendrons, éructait-il dans ses dents un bref juron ou bien il écarquillait des yeux de poisson en examinant sa raquette, comme s'il n'avait pas la force de lui pardonner un raté aussi vexant.

Simpson, son coéquipier d'occasion, un jeune homme frêle et roux, aux grands yeux modestes mais déments qui palpitaient et brillaient derrière les verres de son pince-nez comme des papillons bleus et chétifs, essayait de jouer du mieux qu'il pouvait, bien que le colonel, cela va de soi, n'exprimât jamais son dépit quand il perdait un point sur une faute de son partenaire. Mais quels que soient les efforts de Simpson, quels que soient ses bonds, rien ne lui réussissait : il sentait qu'il était battu à plate couture, que sa timidité l'empêchait de frapper avec précision et qu'il tenait dans sa main non pas l'arme d'un jeu, subtilement et intelligemment constituée de fils ambrés et sonores tendus sur un cadre magnifiquement calculé, mais une bûche sèche et malcommode sur laquelle ricochait une balle dans un craquement morbide pour se retrouver soit dans le filet, soit dans les buissons, manquant même de faire tomber le chapeau de paille sur la calvitie ronde de M. Magor qui se tenait à l'écart du court et regardait sans intérêt particulier la façon dont sa jeune femme Maureen et Frank, svelte et agile, battaient leurs adversaires en sueur.

Si Magor, vieil amateur de peinture, mais également restaurateur, parqueteur, rentoileur de tableaux plus vieux encore, qui voyait le monde comme une assez mauvaise étude peinte avec des couleurs instables sur une toile périssable, avait été ce spectateur intéressé et impartial qu'il est parfois si commode d'attirer, il aurait pu en conclure, bien sûr, que Maureen, cette grande femme gaie aux cheveux sombres, vivait avec autant d'insouciance qu'elle jouait et que Frank apportait dans cette vie cette manière de retourner la balle la plus difficile avec une élégante sveltesse. Mais de même que l'écriture trompe souvent le chiromancien par son apparente simplicité, maintenant aussi le jeu de ce couple en blanc ne dévoilait en réalité rien d'autre que le fait que Maureen jouait comme une femme, sans ardeur, faiblement et mollement, tandis que Frank s'efforçait de ne pas trop les malmener, se souvenant qu'il ne se trouvait pas dans un tournoi universitaire, mais dans le jardin de son père. Il allait mollement à la rencontre de la balle et un coup long lui procurait une jouissance physique : tout mouvement tend au cercle fermé et bien qu'à mi-chemin il se transforme en un vol rectiligne de la balle, cette prolongation invisible se sent cependant instantanément dans la main, elle court le long des muscles jusqu'à l'épaule, et c'est précisément dans ce long éclair intérieur que réside la jouissance du coup. Avec un sourire impassible sur son visage rasé et hâlé dévoilant une dentition parfaite et aveuglante, Frank s'élevait sur la pointe des pieds, et sans efforts apparents remuait son bras dénudé jusqu'au coude : dans ce large mouvement, il y avait une force électrique, et avec un claquement particulièrement précis et sourd il faisait rebondir la balle sur les cordes de la raquette.

Il était arrivé ici le matin, chez son père, pour les vacances, avec son ami, et il avait trouvé sur place M. Magor et sa femme qu'il connaissait déjà, et qui étaient les invités du château depuis plus d'un mois ; car le colonel, qui brûlait pour la peinture d'une noble passion, pardonnait volontiers à Magor son origine étrangère, sa sauvagerie et son absence d'humour, en raison de l'aide que lui apportait ce célèbre expert en peinture, en raison de ces toiles admirables et inestimables qu'il lui avait procurées. Et la dernière acquisition du colonel était particulièrement admirable : un portrait de femme, une œuvre de Luciani, vendue par Magor pour un prix tout à fait somptueux.

Magor, aujourd'hui, sur l'insistance de sa femme qui connaissait la susceptibilité du colonel, avait revêtu un costume d'été blanc à la place de la veste noire qu'il portait d'ordinaire, mais qui ne paraissait quand même pas convenable au maître de maison : sa chemise était empesée, avec des boutons de nacre, et c'était inconvenant, bien entendu. Les bottines jaune et rouge, comme l'absence en bas de son pantalon de ces revers arrondis qu'avait instantanément mis à la mode le défunt roi, obligé de traverser une route à travers des

flaques, n'étaient pas particulièrement con-
venables, et son vieux chapeau de paille qui
semblait rongé, et sous lequel s'échappaient
les boucles grises de Magor, ne semblait pas
particulièrement élégant non plus. Son visage
avait quelque chose de simiesque, avec une
bouche proéminente, un long revers de lèvre
et tout un système complexe de rides, de sorte
que l'on pouvait sans doute lire à livre ouvert
sur son visage. Alors qu'il suivait les aller-
retour de la balle, ses petits yeux verdâtres cou-
raient de droite à gauche, puis de gauche à
droite, pour s'arrêter afin de cligner paresseu-
sement quand le vol de la balle s'interrompait.
Dans l'éclat du soleil, la blancheur des trois
paires de pantalons de flanelle et d'une joyeuse
jupette était étonnamment belle sur le feuillage
du pommier, mais, comme il a été remarqué
plus haut, M. Magor ne considérait le créateur
de la vie que comme un médiocre imitateur
des maîtres que quarante ans durant il avait
étudiés.

Sur ces entrefaites, Frank et Maureen, qui
avaient remporté cinq jeux d'affilée, s'apprê-
taient à remporter le sixième. Au service, Frank
lança du bras gauche la balle bien haut, s'inclina de tout son corps en arrière comme s'il
tombait à la renverse et avec un ample mouvement en forme d'arc il jaillit en avant après
avoir fait glisser la raquette luisante sur la balle

qu'il envoya au-dessus du filet et, en sifflant, il bondit tel un éclair blanc à côté de Simpson qui avait vainement coupé dans sa direction.

« C'est fini », dit le colonel.

Simpson éprouva un profond soulagement. Il avait trop honte de ses coups maladroits pour être en état de se passionner pour le jeu et cette honte était encore plus aiguë parce que Maureen lui plaisait extraordinairement. Comme il se doit, tous les participants au jeu se saluèrent, et Maureen eut un sourire narquois en arrangeant un ruban sur ses épaules dénudées. Son mari applaudissait d'un air indifférent.

« Nous devons nous battre tous les deux », remarqua le colonel en donnant une tape savoureuse sur le dos de son fils qui enfilait en maugréant sa veste club blanche à rayures framboise, avec un écusson violet sur le côté.

« Du thé ! dit Maureen. J'ai envie de thé. »

Tous se rendirent à l'ombre d'un orme gigantesque où le majordome et la femme de chambre habillée en blanc et en noir avaient installé une petite table légère. Il y avait du thé noir comme de la bière munichoise, des sandwichs composés de tranches de cornichons et de rectangles de mie de pain, un cake brun couvert des pustules noires des raisins, un gros gâteau *Victoria*\* à la crème. Il y avait

---

\* Génoise fourrée de confiture ou de crème, comme ici.

également quelques bouteilles en grès de *ginger ale*.

« De mon temps, dit le colonel en s'affalant avec une lourde volupté dans un fauteuil pliant en toile, nous préférions les véritables sports anglais et sains comme le rugby, le cricket ou la chasse. Il y a quelque chose d'étranger dans les jeux d'aujourd'hui. Quelque chose de fluet. Je suis un ferme partisan des combats virils, de la viande saignante, d'une bouteille de porto le soir, ce qui ne m'empêche pas, acheva le colonel en lissant ses grosses moustaches avec une petite brosse, d'aimer les chairs rebondies des tableaux anciens où l'on voit le reflet de ce même bon vin.

— Au fait, mon colonel, la *Vénitienne* est accrochée », dit Magor d'une voix morose, après avoir posé son chapeau sur le gazon à côté de sa chaise et en frottant sa main sur son crâne nu comme un genou autour duquel frisaient des boucles grises et sales, encore épaisses. « J'ai choisi l'endroit le plus lumineux de la galerie. On a ajusté une lampe au-dessus. J'aimerais bien que vous y jetiez un coup d'œil. »

Le colonel fixa ses yeux brillants successivement sur son fils, sur Simpson qui était confus, sur Maureen qui riait et faisait des grimaces à cause du thé brûlant.

« Mon cher Simpson, s'exclama-t-il vigoureusement en fondant sur la proie qu'il avait choi-

*La Vénitienne*

sie, vous n'avez pas encore vu une chose pareille ! Excusez-moi de vous arracher à votre sandwich, mon ami, mais je dois vous montrer mon nouveau tableau. Les connaisseurs en sont fous. Allons-y ! Il va de soi que je n'ose proposer à Frank... »

Frank s'inclina joyeusement.

« Tu as raison, père. La peinture me donne la nausée.

— Nous revenons tout de suite, madame Magor, dit le colonel en se levant. Attention ! vous allez marcher sur la bouteille, s'adressa-t-il à Simpson qui s'était également levé. Préparez-vous à une douche de beauté. »

Ils se dirigèrent tous les trois vers la demeure, à travers le gazon doucement illuminé. Frank, les yeux froncés, les suivit du regard, baissa les yeux vers le chapeau de paille que Magor avait laissé sur le gazon à côté de la chaise (il montrait à Dieu, au ciel bleu, au soleil son fond blanchâtre portant une tache sombre de graisse au milieu, sur la marque d'un chapelier viennois), puis, après s'être tourné vers Maureen, il prononça quelques mots qui étonneront certainement un lecteur peu perspicace. Maureen était assise dans un fauteuil bas, toute dans les petits cercles tremblants du soleil, le front appuyé contre les croisillons dorés de la raquette, et son visage devint aussitôt plus vieux et plus sévère quand Frank dit :

« Eh bien, Maureen ? Maintenant nous devons prendre une décision... »


2


Magor et le colonel, tels deux gardes, firent entrer Simpson dans une salle vaste et fraîche où des tableaux luisaient sur les murs et où il n'y avait pas de meubles hormis une table ovale en ébène brillant qui était au centre et dont les quatre pieds se reflétaient dans le jaune noisette du parquet miroitant. Ayant conduit le prisonnier vers une grande toile dans un cadre doré et mat, le colonel et Magor s'arrêtèrent, le premier ayant fourré ses mains dans les poches, le second extrayant d'une narine de la poussière grise et sèche et la dispersant d'un petit mouvement circulaire des doigts.

Le tableau était vraiment très beau. Luciani avait représenté une beauté vénitienne de trois quarts sur un fond noir et chaud. Un tissu rose dévoilait un cou puissant et hâlé aux plis extraordinairement tendres sous l'oreille, et une fourrure de lynx gris, bordant un mantelet cerise, tombait de l'épaule gauche ; de sa main droite, de ses doigts effilés écartés deux par deux, elle venait à peine, semble-t-il, de s'apprê-

*La Vénitienne*   65

ter à arranger la fourrure qui glissait, mais elle
s'était figée en jetant depuis la toile un regard
fixe, de ses yeux marron et entièrement sombres, avec un air langoureux. Sa main gauche,
dans des vagues de batiste blanche autour du
poignet, tenait un panier avec des fruits jaunes ;
une coiffe, telle une fine couronne, luisait sur
ses cheveux marron foncé. Et sur sa gauche, la
tonalité noire s'interrompait par un grand rec-
tangle donnant sur l'air crépusculaire, l'abîme
bleu-vert d'une soirée nuageuse*.

Ce ne sont pas les détails des étonnantes
combinaisons des ombres, ce n'est pas la cha-

---

* La description précise du tableau de Sebastiano del
Piombo correspond exactement à l'une des œuvres du
portraitiste de la Renaissance, qui se trouve à Berlin (Staat-
liche Museen), et est répertoriée sous le titre *Jeune Romaine
dite Dorothée*. Né en 1485 à Venise et mort à Rome en 1547,
Sebastiano del Piombo fit connaître la peinture vénitienne
aux artistes romains et son installation à Rome, où il arriva
peu après l'achèvement du plafond de la chapelle Sixtine
et où il devint un ami intime de Michel-Ange, fut le cou-
ronnement de sa carrière. Parmi ses œuvres répertoriées
les plus importantes, on compte également un *Portrait de
dame*, qui se trouve en Grande-Bretagne à Longford Castle
(collection Earl of Radnor). Une allusion à l'existence de
ce dernier tableau est faite par Nabokov à la fin de la hui-
tième partie de la nouvelle : « C'est aujourd'hui qu'arrive
de Londres le jeune Lord Northwick qui possède, comme
vous le savez, un autre tableau du même del Piombo. » Par
ailleurs, une très belle toile de ce peintre faisait déjà partie
des collections du Fitzwilliam Museum de Cambridge. En
tout état de cause, Nabokov fait preuve d'une connaissance précise de la peinture de la Renaissance italienne.

leur sombre de tout le tableau qui frappèrent Simpson. Il y avait quelque chose d'autre. Ayant légèrement penché la tête de côté pour rougir aussitôt, il dit :

« Mon Dieu, comme elle ressemble…

— À ma femme, acheva d'une voix morose Magor en dispersant la poussière sèche.

— C'est extraordinairement beau, chuchota Simpson en penchant la tête de l'autre côté, extraordinairement…

— Sebastiano Luciani, dit le colonel en fronçant les yeux avec fatuité, est né à Venise à la fin du XVe siècle, et il est mort au milieu du XVIe, à Rome. Bellini et Giorgione furent ses maîtres, Michel-Ange et Raphaël ses rivaux. Comme vous le voyez, il combine la force du premier à la tendresse du second. Il n'aimait guère Santi, d'ailleurs, et ce n'était pas seulement une question de vanité : la légende dit que notre artiste n'était pas indifférent à la Romaine Margarita, surnommée par la suite la Fornarina. Quinze ans avant sa mort, il prononça des vœux de religion à l'occasion de l'obtention d'une fonction aisée et lucrative offerte par Clément VII. Depuis il est appelé Fra Sebastiano del Piombo. "Il Piombo" signifie le "plomb", car sa fonction consistait à appliquer d'immenses sceaux de plomb aux bulles enflammées du pape. En tant que moine, il fut débauché, faisait bombance avec goût et écrivait des sonnets médiocres. Mais quel maître !.... »

Et le colonel jeta un coup d'œil furtif à Simpson, remarquant avec satisfaction l'impression qu'avait produite le tableau sur son affable invité.

Mais il faut de nouveau souligner ceci : Simpson, qui n'avait pas l'habitude de contempler de la peinture, était bien entendu incapable d'apprécier l'art de Sebastiano del Piombo, et la seule chose qui le charmait, indépendamment, bien entendu, de l'action purement physiologique des merveilleuses couleurs sur les nerfs optiques, était cette ressemblance qu'il avait immédiatement remarquée, bien qu'il ait vu Maureen aujourd'hui pour la première fois. Et il était remarquable que le visage de la Vénitienne, avec son front lisse, comme inondé par le reflet mystérieux de quelque lune olive, avec ses yeux entièrement sombres et l'expression sereinement vigilante de ses lèvres mollement serrées, lui ait expliqué la beauté véritable de cette Maureen qui riait, qui fronçait et faisait jouer tout le temps ses yeux, dans une lutte constante avec le soleil, avec les taches vives qui glissaient sur sa jupe blanche quand, écartant les feuilles bruissantes avec sa raquette, elle cherchait une balle égarée.

Profitant de la liberté qu'offre un hôte à ses invités en Angleterre, Simpson ne revint pas boire du thé, mais il traversa le jardin en contournant les massifs étoilés de fleurs ; il se perdit bientôt dans les ombres en damier de l'allée du parc qui sentait la fougère et les feuilles pourries. Les arbres immenses étaient si vieux qu'il avait fallu soutenir leurs branches avec des étais rouillés et ils étaient puissamment voûtés, comme des géants séniles appuyés sur des béquilles métalliques.

« Ah ! quel tableau étonnant », chuchota de nouveau Simpson. Il marchait en agitant doucement sa raquette, voûté et faisant patauger ses semelles en caoutchouc. Il faut se le représenter avec précision : fluet, roux, vêtu d'un pantalon de toile blanche et molle, d'une veste grise trop large avec une martingale, et il faut bien noter également son léger pince-nez sans monture sur son nez aplati et grêlé, ainsi que ses yeux faibles, légèrement insensés, et les taches de rousseur sur son front arrondi, sur ses pommettes, sur son cou rougi par le soleil d'été.

Il étudiait en deuxième année à l'université, vivait modestement et suivait assidûment les cours de théologie. Il s'était lié d'amitié avec Frank, non seulement parce que le destin les avait logés dans le même appartement qui consistait en deux chambres et un salon, mais principalement parce que, comme la plupart des gens veules, timorés et secrète-

ment exaltés, il était instinctivement attiré par
un homme chez qui tout était clair et solide :
les dents, les muscles, comme la force physique de l'âme — la volonté. Et Frank, de son
côté, cette fierté du collège, ramait dans les
courses et filait à travers champs avec une pas-
tèque en cuir sous le bras, et il savait porter
un coup de poing juste à l'extrémité du men-
ton où se trouve le même petit os musical que
dans le coude, un coup qui agit sur son adversaire comme un soporifique ; cet extraordinaire Frank, aimé de tous, trouvait quelque
chose de très flatteur pour son amour-propre
dans l'amitié de ce maladroit et faible Simpson. Simpson savait d'ailleurs cette chose
étrange que Frank cachait à ses autres amis
qui ne le connaissaient que pour être un
superbe sportif et un joyeux boute-en-train et
qui ne prêtaient aucune attention aux ru-
meurs fugaces selon lesquelles Frank était un
dessinateur exceptionnel, mais ne montrait
ses dessins à personne. Il ne parlait jamais
d'art, chantait et buvait volontiers, faisait les
quatre cents coups, mais il était parfois pris
d'une soudaine obscurité ; alors, il ne sortait
pas de sa chambre, ne laissait entrer personne, et seul son compagnon, l'affable Simpson, voyait ce qu'il faisait. Ce que Frank créait
durant ces deux ou trois jours d'isolement fa-
rouche, soit il le cachait, soit il le détruisait,

puis, comme s'il avait offert ce tribut tourmenté au prophète, il était de nouveau gai et simple. Une seule fois, il en avait parlé à Simpson.

« Tu comprends, lui avait-il dit en plissant son front pur et en vidant vigoureusement sa pipe, je considère qu'il y a dans l'art — particulièrement en peinture — quelque chose de féminin, de morbide, d'indigne d'un homme fort. J'essaye de lutter contre ce démon parce que je sais la façon dont il perd les hommes. Au cas où je me livrerais entièrement à lui, c'est une vie non pas tranquille et mesurée, avec une quantité limitée de chagrins, une quantité limitée de plaisirs, avec des règles précises sans lesquelles tout jeu perd son charme, ce n'est pas cette vie-là qui m'attend, mais la confusion totale ou Dieu sait quoi ! Je serai tourmenté jusqu'à ma tombe, je ressemblerai à ces malheureux que j'ai rencontrés à Chelsea, à ces imbéciles vaniteux aux cheveux longs, vêtus de blousons de velours, détraqués, faibles, n'aimant que leur palette poisseuse... »

Mais le démon était apparemment très fort. À la fin du semestre d'hiver, Frank, sans avoir dit quoi que ce soit à son père — et le vexant ainsi profondément —, était parti en Italie, en troisième classe, et un mois plus tard, il était revenu directement à l'université, bronzé, gai, comme s'il s'était défait à jamais de la fièvre ténébreuse de la création.

*La Vénitienne* 71

Par la suite, quand vinrent les vacances d'été, il proposa à Simpson de séjourner quelque temps dans la propriété paternelle, et Simpson, rougissant de gratitude, avait donné son accord car, une fois de plus, il songeait avec terreur au retour chez lui, dans cette petite ville tranquille du Nord où chaque mois était commis un crime épouvantable, chez son père pasteur, homme tendre et anodin, mais complètement fou, plus préoccupé de jouer de la harpe et de faire de la métaphysique en chambre, que de ses ouailles.

La contemplation de la beauté, qu'il s'agisse d'un coucher de soleil aux tonalités particulières, d'un visage lumineux ou d'une œuvre d'art, nous force à nous retourner inconsciemment sur notre propre passé, à nous confronter, à confronter notre âme à la beauté parfaite et inaccessible qui nous est dévoilée. C'est précisément pourquoi Simpson, devant lequel venait de se dresser dans la batiste et le velours une Vénitienne morte depuis longtemps, se souvenait maintenant en marchant doucement sur la terre mauve de l'allée — silencieuse à cette heure où le jour déclinait —, se souvenait à la fois de son amitié pour Frank, de la harpe de son père et de sa jeunesse étriquée et sans joie. Le silence sonore de la forêt se remplissait parfois du craquement d'une branche remuée par on ne sait qui. Un écureuil roux glissa au pied d'un tronc, courut vers le tronc voisin, sa queue duveteuse relevée, et se précipita de nouveau en haut. Dans le doux ruissellement du soleil entre deux bras de feuillage, des moucherons tournoyaient en une poussière dorée et un bourdon bourdonnait déjà discrètement, comme tous les soirs, égaré dans les lourdes dentelles d'une fougère.

Simpson s'assit sur un banc, maculé de coups de pinceau de blanc — des fientes desséchées d'oiseaux — et il se voûta, ses coudes pointus appuyés sur les genoux. Il éprouva un accès d'hallucination auditive particulière dont il était affecté depuis l'enfance. Se trouvant dans un champ ou bien, comme maintenant, dans une forêt tranquille au déclin du jour, il se mettait involontairement à penser que dans ce silence il pouvait, en quelque sorte, entendre le sifflement délicieux de tout ce monde immense à travers l'espace, le vacarme des villes lointaines, le grondement des vagues et de la mer, le chant des fils électriques au-dessus des déserts. Et peu à peu, son ouïe, fonctionnant par la pensée, commençait à distinguer véritablement ces bruits. Il entendait le halètement d'un train — bien que la voie fût sans doute éloignée de dizaines de miles — puis le grondement et le cliquetis des roues et, au fur et à mesure que son ouïe mystérieuse s'affinait, les voix des passagers, leurs rires, leur toux, le froissement des journaux dans leurs mains, et enfin, arrivé au comble de son mirage sonore, il distinguait nettement les battements de leur cœur, et ces battements, ces vrombissements, ces grondements, en roulant et en augmentant, assourdissaient Simpson ; il tressaillait, ouvrait les yeux et comprenait que c'était son propre cœur qui battait si fort.

« Lugano, Côme, Venise… » marmonna-t-il, assis sur le banc sous un noisetier silencieux, et il entendit aussitôt le doux clapotement des villes ensoleillées, et ensuite — plus près cette fois — le tintement de grelots, le sifflement des ailes d'un pigeon, un rire sonore, semblable au rire de Maureen, et des pas, les pas de passants invisibles. Il avait envie que son ouïe s'y arrête, mais son ouïe, comme un torrent, filait de plus en plus profondément, encore un instant et — n'ayant déjà plus la force de s'arrêter dans sa chute étrange — il entendait non seulement le pas des passants, mais les battements de leur cœur, des millions de cœurs se gonflaient et grondaient, et, une fois réveillé, Simpson comprit que tous les sons, tous les cœurs étaient concentrés dans le battement fou de son propre cœur.

Il releva la tête. Une brise légère comme le mouvement d'une traîne de soie passa dans l'allée. Les rayons jaunissaient tendrement.

Il se leva, sourit faiblement et, ayant oublié la raquette sur le banc, il se dirigea vers la maison. Il était temps de se changer pour le dîner.

3

« Tout de même ! cette fourrure me donne chaud. Non, colonel, c'est simplement du chat. Mon adversaire, la Vénitienne, portait certainement quelque chose d'un peu plus précieux. Mais la couleur est la même, n'est-ce pas ? Bref, l'effet est parfait.

— Si j'osais, je vous enduirais de vernis et j'enverrais la toile de Luciani au grenier », reprit aimablement le colonel qui, en dépit de la rigueur de ses principes, n'était pas hostile à l'idée de provoquer une joute verbale et affectueuse avec une femme aussi séduisante que Maureen.

« Je me tordrais de rire, répliqua-t-elle…

— Je crains, madame Magor, que nous ne formions pour vous un arrière-plan affreusement raté, dit Frank avec un large sourire de gamin. Nous sommes des anachronismes grossiers et pleins de fatuité. Mais si votre mari revêtait une armure…

— Ce sont des bêtises ! ricana sèchement Magor. Il est aussi facile de susciter une impression de l'ancien temps que d'obtenir l'impression des couleurs en pressant la paupière supérieure. Je me permets parfois le luxe de m'imaginer le monde contemporain, nos voitures, nos modes tels qu'ils sembleront à nos descendants dans quatre ou cinq cents ans : je vous assure que je me sens alors aussi ancien qu'un moine de la Renaissance.

— Encore du vin, mon cher Simpson ? » proposa le colonel.

Le timide, l'affable Simpson, assis entre Magor et sa femme, avait mis trop tôt en service la grande fourchette, avec le deuxième plat, au lieu de la petite, de sorte que pour le plat principal il ne lui restait qu'une petite fourchette et un grand couteau, et en les utilisant maintenant, il semblait boiter d'un bras. Quand on fit passer une seconde fois le plat principal, il en reprit par nervosité, et remarqua alors qu'il était le seul à manger et que tout le monde attendait impatiemment qu'il ait terminé. Il fut si embarrassé qu'il écarta son assiette encore pleine, faillit renverser son verre et se mit à rougir lentement. Il avait déjà plusieurs fois piqué un fard au cours du repas, non parce qu'il se passait effectivement quelque chose de honteux, mais parce qu'il pensait qu'il pouvait rougir sans raison ; et alors ses joues, son front, son cou même se gorgeaient progressivement d'un sang rose, et il était aussi impossible d'arrêter cette couleur floue, douloureusement brûlante, que de retenir derrière les nuages le soleil qui en émerge. Lors de la première de ces bouffées, il fit tomber exprès sa serviette, mais lorsqu'il releva la tête, il était effrayant à voir : son faux col était sur le point de prendre feu. Une autre fois, il tenta de parer l'attaque de la vague de feu silencieuse en s'adressant à Maureen pour lui demander si elle aimait jouer au tennis sur gazon, mais malheureusement Maureen ne l'avait pas bien entendu, elle lui demanda quelle était sa question et, en répétant sa phrase stupide, Simpson rougit aussitôt aux larmes et Maureen se détourna charitablement pour parler d'autre chose.

Le fait d'être assis à côté d'elle, de sentir la chaleur de sa joue, de son épaule, d'où retombait comme sur le tableau une fourrure grise, et le fait qu'elle s'apprêtait à retenir cette fourrure mais qu'elle s'arrêtait à la question de Simpson en tendant et en joignant par deux ses longs doigts effilés le faisaient à ce point languir, qu'il y avait dans ses yeux l'éclat humide venant du feu cristallin des verres et il avait constamment l'impression que la table ronde, cette île éclairée, tournait lentement et, en tournant, voguait on ne sait où, emportant doucement ceux qui étaient assis autour d'elle. Entre les battants vitrés de la porte ouverte, on voyait dans le fond les quilles noires de la balustrade du balcon, et l'air bleu de la nuit soufflait de façon étouffante. C'est cet air que Maureen aspirait par ses narines ; ses yeux tendres et entièrement sombres glissaient de l'un à l'autre et ne souriaient pas quand un sourire soulevait à peine la commissure de ses lèvres moelleuses et sans rouge. Son visage restait dans le hâle de l'ombre, et seul son front était inondé d'une lumière lisse. Elle disait des choses sans intérêt, drôles, et tous souriaient, alors que le colonel s'empourprait agréablement à cause du vin. Magor, qui épluchait une pomme, la saisit comme un singe, dans sa paume, et son petit visage couronné de boucles grises se ridait sous les efforts, alors que le couteau en argent, fermement serré dans son poing sombre et velu, ôtait les spirales infinies de peau carmin et jaune. Simpson ne pouvait voir le visage de Frank, car il y avait entre eux un bouquet de dahlias charnus et flamboyants dans un vase resplendissant.

Après le dîner, qui s'était terminé par du porto et du café, le colonel, Maureen et Frank se mirent à jouer au bridge, avec un « mort », car les deux autres ne savaient pas jouer.

Le vieux restaurateur sortit sur le balcon sombre, les jambes arquées, et Simpson le suivit en sentant derrière son dos la chaleur de Maureen qui s'éloignait.

Magor s'affala dans un fauteuil en paille près de la balustrade, se racla la gorge et offrit à Simpson un cigare. Simpson s'assit de trois quarts sur l'appui de la balustrade et alluma maladroitement son cigare en fronçant les yeux et en gonflant ses joues.

« La Vénitienne de ce vieux débauché de del Piombo vous a donc plu », dit Magor en projetant dans l'obscurité une bouffée de fumée rose.

« Beaucoup, répondit Simpson qui ajouta : bien entendu, je n'y connais rien en peinture.

— Mais malgré tout, elle vous a plu, dit Magor en hochant la tête. C'est merveilleux. C'est le premier pas vers la compréhension.

— Elle est comme vivante, dit d'un air songeur Simpson. On pourrait croire aux récits mystérieux sur les portraits qui deviennent vivants. J'ai lu quelque part qu'un roi est sorti de la toile et dès que… »

Magor se répandit en un rire doux et cassant.

« Ce sont des bêtises, bien entendu. Mais il existe autre chose, le contraire, si je puis dire. »

Simpson le regarda. Dans l'obscurité de la nuit le devant empesé de sa chemise bouffait en une bosse blanchâtre, et le feu rubis et bosselé du cigare éclairait d'en bas son petit visage ridé. Il avait bu beaucoup de vin et était apparemment loquace.

« Voici ce qui arrive, poursuivit-il sans se hâter ; imaginez qu'au lieu de faire sortir du cadre la figure représentée, quelqu'un réussisse à entrer lui-même dans le tableau. Cela vous fait rire, n'est-ce pas ? Je l'ai cependant fait maintes fois. J'ai eu le bonheur de visiter toutes les collections de tableaux d'Europe, de La Haye à Pétersbourg et de Londres à Madrid. Quand un tableau me plaisait particulièrement, je me plantais juste en face de lui et je concentrais toute ma volonté sur une seule pensée : y entrer. Cela me faisait peur, bien entendu. J'avais l'impression d'être un apôtre qui s'apprête à descendre d'une barque pour marcher sur la surface de l'eau. Mais en revanche, quelle extase ! Devant moi il y avait, supposons, une toile de l'école flamande, avec la Sainte Famille au premier plan, un paysage lisse et pur en arrière-fond. Une route, vous voyez, comme un serpent blanc, avec des collines vertes. Bon, je finissais par me décider. Je m'arrachais de la vie et je pénétrais dans le tableau. Sensation merveilleuse ! La fraîcheur, l'air doux imprégné de cire, d'encens. Je devenais une partie vivante du tableau et tout prenait vie autour de moi. Les silhouettes des pèlerins sur la route bougeaient. La Sainte Vierge babillait quelque chose en flamand. Une petite brise balançait des fleurs conventionnelles. Des nuages voguaient… Mais cette jouissance ne durait pas longtemps ; je commençais à sentir que je me figeais mollement, que je m'engluais dans la toile, que je m'enduisais de peinture à l'huile. Alors je me renfrognais, et me tiraillant de toutes mes forces, je bondissais en dehors : il y avait un doux bruit de clapotis comme lorsqu'on retire un pied de la glaise. J'ouvrais les yeux, j'étais étendu par terre, sous un tableau magnifique, mais mort... »

Simpson écoutait attentivement et d'un air troublé. Quand Magor s'arrêta, il tressauta de façon à peine perceptible et regarda autour de lui. Tout était comme avant. Le jardin en bas respirait l'obscurité ; à travers la porte vitrée on pouvait voir la salle à manger à moitié éclairée, et au fond, à travers une autre porte ouverte, le coin vivement illuminé du salon où trois silhouettes jouaient aux cartes. Quelles choses étranges avait dites Magor !...

« Vous comprenez, poursuivit-il en secouant la cendre stratifiée, un instant de plus et le tableau m'aurait aspiré pour toujours. Je serais parti dans ses profondeurs, j'aurais vécu dans son paysage, ou bien affaibli de terreur et n'ayant la force ni de revenir dans le monde ni de m'enfoncer dans un nouveau domaine, je me serais figé, peint sur la toile, sous l'aspect de cet anachronisme dont parlait Frank. Mais, malgré le danger, je cédais encore et toujours à la tentation... Voyez-vous, mon ami, je suis amoureux des Madones ! Je me souviens de ma première passion : une Madone avec une couronne bleue du tendre Raphaël... Derrière elle, dans le lointain, deux hommes se tiennent près de colonnes et discutent tranquillement. J'ai épié leur conversation. Ils parlaient de la valeur d'un poignard... Mais la plus charmante de toutes les Madones appartient au pinceau de Bernardino Luini. Dans toutes ses œuvres on trouve le calme et la tendresse du lac au bord duquel il est né, le lac Majeur. Un maître des plus délicats... On a même créé à partir de son nom un nouvel adjectif : "*luinesco*". Sa plus belle Madone a de longs yeux, tendrement baissés ; ses vêtements sont dans des nuances bleu vermeil, orange brumeux. Autour de son front, il y a un léger vaporeux, un voile plissé, et l'enfant roux est enveloppé dans un voile semblable. Il lève vers elle une pomme blanchâtre ; elle le regarde en baissant ses yeux tendres, allongés... Les yeux de Luini... Mon Dieu, comme je les ai embrassés... »

Magor se tut et un sourire rêveur remua ses lèvres fines éclairées par le feu du cigare. Simpson retint sa respiration ; il avait l'impression, comme tout à l'heure, de voguer lentement dans la nuit.

« Il m'est arrivé des désagréments, continua Magor après avoir toussé. J'ai eu les reins très malades après avoir bu un bol de cidre fort que m'avait offert un jour une bacchante replète de Rubens, et sur la patinoire jaune et embrumée d'un des Hollandais je me suis tant enrhumé que j'ai toussé et craché des glaires tout un mois. Voilà ce qui arrive, monsieur Simpson. »

Magor fit grincer son fauteuil, il se leva et réajusta son gilet.

« J'en ai trop dit, remarqua-t-il sèchement. Il est temps d'aller se coucher. Dieu sait combien de temps ils vont encore taper le carton. J'y vais. Bonne nuit... »

Il traversa la salle à manger en direction du salon et, ayant fait un signe de tête en passant aux joueurs, il disparut dans les ombres lointaines. Simpson resta seul sur sa balustrade. La voix aiguë de Magor résonnait dans ses oreilles. Une merveilleuse nuit étoilée parvenait jusqu'au balcon, les masses veloutées des arbres noirs étaient immobiles. À travers la porte, au-delà d'un rai d'ombre, il voyait une lampe rose dans le salon, une table, les visages maquillés de lumière des joueurs. Le colonel se leva. Frank également. De loin, comme au téléphone, lui parvint la voix du colonel :

« Je suis un vieil homme, je me couche tôt. Bonne nuit, madame Magor... »

Et la voix rieuse de Maureen :

« J'y vais tout de suite également. Sinon mon mari va se fâcher... »

*La Vénitienne*

Simpson entendit la porte du fond se fermer derrière le colonel, et alors une chose incroyable se produisit. Depuis l'obscurité où il se trouvait, il vit Maureen et Frank qui étaient restés seuls, là-bas, au loin, dans un abîme de lumière tendre, glisser l'un vers l'autre, Maureen renverser la tête et la renversant de plus en plus sous le baiser long et vigoureux de Frank. Ensuite, après avoir repris la fourrure qui était tombée et avoir ébouriffé les cheveux de Frank, elle disparut dans le fond après avoir mollement claqué la porte. Frank, souriant, plaqua ses cheveux, fourra les mains dans ses poches et traversa le salon pour se diriger vers le balcon en sifflotant doucement. Simpson était tellement étonné qu'il s'était figé, les doigts accrochés sur la balustrade et il regardait avec terreur s'approcher à travers le reflet des carreaux une échancrure blanche, une épaule noire. Frank, après être arrivé sur le balcon et avoir aperçu dans l'obscurité la silhouette de son ami, sursauta presque et se mordit les lèvres.

Simpson descendit maladroitement de la balustrade. Ses jambes tremblaient. Il fit un effort héroïque :

« La nuit est splendide. Je discutais avec Magor. »

Frank dit calmement :

« Il raconte beaucoup de mensonges, Magor. D'ailleurs, quand il divorcera, il ne sera pas inutile de l'écouter.

— Oui, c'est très curieux…, confirma mollement Simpson.

— C'est la Grande Ourse », dit Frank qui bâilla la bouche fermée. Puis il ajouta d'une voix neutre :

« Je sais, bien entendu, que tu es un parfait gentleman, Simpson. »

Le matin, il y eut de la bruine, une petite pluie tiède scintilla, s'étira en fils pâles sur le fond sombre des frondaisons profondes. Ils ne furent que trois à venir au petit déjeuner : d'abord le colonel et Simpson, pâle et éteint, puis Frank, frais, propre, rasé, la peau lustrée, avec un sourire ingénu sur ses lèvres trop fines.

Le colonel n'était vraiment pas de bonne humeur : la veille, pendant la partie de bridge, il avait remarqué quelque chose, à savoir qu'en se penchant rapidement sous la table pour chercher une carte tombée, il avait remarqué le genou de Frank serré contre le genou de Maureen. Il fallait que cela cesse immédiatement. Le colonel subodorait depuis un certain temps que quelque chose n'allait pas. Ce n'était pas pour rien que Frank s'était précipité à Rome où les Magor passaient toujours le printemps. Que son fils fasse ce qu'il veut, soit, mais là, dans sa maison, dans le château familial, ad-

*La Vénitienne*

mettre que… non, il fallait tout de suite prendre les mesures les plus radicales.

Le mécontentement du colonel avait une in-
fluence désastreuse sur Simpson. Il avait l'impression que sa présence était pénible au maître
de céans et il ne savait pas de quoi parler. Seul
Frank, tranquillement joyeux comme toujours,
laissait voir ses dents éclatantes, mordait savou-
reusement dans les tartines chaudes de pain
grillé recouvertes de marmelade d'orange.

Quand on eut fini de boire le café, le colonel
alluma sa pipe et se leva.

« Tu voulais voir la nouvelle voiture, Frank ?
Allons au garage ! Avec cette pluie, il est de
toute façon impossible de faire quoi que ce
soit… »

Puis, ayant senti que le pauvre Simpson
était moralement entre deux chaises, le colonel ajouta :

« J'ai ici quelques bons livres, mon cher
Simpson. Si vous le souhaitez… »

Simpson eut un soubresaut et tira d'une étagère un gros volume rouge : c'était le *Messager
vétérinaire* de 1895.

« J'ai deux mots à te dire », commença le
colonel quand Frank et lui furent affublés de
mackintoshs craquants, et ils sortirent dans
le brouillard pluvieux.

Frank jeta un rapide coup d'œil sur son père.

« Comment lui dire… » songea le colonel en tirant sur sa pipe. « Écoute ! Frank, finit-il par se décider, alors que le gravier humide craquait encore plus bruyamment sous ses semelles, j'ai appris, peu importe comment, ou bien, pour parler plus simplement, j'ai remarqué que… Hé, que diable ! Eh bien voilà, Frank, quelles sont tes relations avec la femme de Magor ? »

Frank répondit doucement et froidement :

« J'aurais préféré ne pas en parler avec toi, père. » Mais en son for intérieur il pensa hargneusement : « Tu parles d'un cochon, il m'a dénoncé ! »

« Bien entendu, je ne peux rien exiger », reprit le colonel qui resta court. Au tennis, au premier coup raté, il savait encore se contenir.

« Il serait bon de réparer cette passerelle, remarqua Frank en frappant son talon contre une poutre pourrie.

— Au diable la passerelle ! » dit le colonel. C'était le deuxième raté, et un triangle de veines coléreuses se gonfla sur son front.

Le chauffeur, qui faisait cliqueter des seaux près de la porte du garage, ôta sa casquette à carreaux en voyant son maître. C'était un petit homme ramassé, avec une moustache taillée.

« Bonjour, *sir* », dit-il mollement et il écarta de l'épaule un battant de la porte. Dans la pénombre, d'où parvenaient des odeurs d'essence et de cuir, reluisait une immense Rolls Royce noire, absolument neuve.

« Allons maintenant dans le parc ! » dit d'une voix sourde le colonel, après que Frank eut examiné à satiété les cylindres et les leviers.

La première chose qui se passa dans le parc fut qu'une grosse goutte froide tomba d'une branche derrière le col du colonel. Cette goutte, en fait, fit déborder le vase. Il mâcha les mots comme pour les essayer, et soudain, il explosa :

« Je te préviens, Frank, je n'admettrai pas la moindre aventure chez moi dans le genre roman français. De plus, Magor est mon ami, tu comprends cela, oui ou non ? »

Frank souleva la raquette oubliée la veille sur le banc par Simpson. L'humidité l'avait transformée en un huit. « Quelle ordure ! » songea Frank avec dégoût. Les paroles de son père résonnaient comme un grondement écrasant :

« Je ne le tolérerai pas, dit-il. Si tu ne peux te conduire correctement, va-t'en ! Je suis mécontent de toi, Frank, je suis terriblement mécontent. Il y a en toi quelque chose que je ne comprends pas. À l'université, tu as fait de mauvaises études. En Italie, tu as fait Dieu sait quoi ! On dit que tu fais de la peinture. Je ne suis sans doute pas digne que tu me montres tes croûtes. Oui, des croûtes ! Je m'imagine... Un génie, voyez-vous ! Car tu te considères sans doute comme un génie ? Ou plutôt comme un futuriste. Et voilà des romans, maintenant... Bref, si tu... »

À ce moment, le colonel s'aperçut que Frank sifflotait doucement et nonchalamment entre ses dents. Il s'arrêta et écarquilla les yeux.

Frank jeta comme un boomerang la raquette tordue dans des buissons, il sourit et dit :

« Ce sont des vétilles, père. Dans un livre où l'on décrivait la guerre d'Afghanistan, j'ai lu ce que tu as fait à l'époque et ce pour quoi tu as reçu une médaille. C'était complètement stupide, extravagant, suicidaire, mais c'était un exploit. C'est l'essentiel. Quant à tes réflexions, ce sont des vétilles. Au revoir. »

Et le colonel resta seul au milieu de l'allée, pétrifié de surprise et de colère.

4

Tout ce qui existe se caractérise par la monotonie. Nous prenons notre nourriture à des heures précises parce que les planètes, tels des trains qui ne seraient jamais en retard, partent et arrivent selon des durées précises. L'homme moyen ne peut se représenter la vie sans un horaire aussi rigoureusement établi. En revanche,

*La Vénitienne*

un esprit joueur et sacrilège trouvera quelque amusement en réfléchissant à la façon dont les gens vivraient si une journée durait aujourd'hui dix heures, demain quatre-vingt-cinq, et après-demain quelques minutes. On peut dire a priori qu'en Angleterre une telle inconnue quant à la durée exacte de la journée à venir conduirait avant tout à un développement extraordinaire des paris et de toutes sortes d'autres gageures fondées sur le hasard. Un homme perdrait toute sa fortune en raison du fait que la journée durerait quelques heures de plus qu'il ne le supposait la veille. Les planètes deviendraient semblables à des chevaux de course, et que d'émotions susciterait quelque Mars bai franchissant la dernière haie céleste. Les astronomes se retrouveraient dans la situation de bookmakers, le dieu Apollon serait représenté avec la casquette couleur flamme d'un jockey, et le monde deviendrait joyeusement fou.

Malheureusement, ce n'est pas ainsi que les choses se passent. L'exactitude est toujours morose, et nos calendriers, où la vie du monde est calculée à l'avance, rappellent des programmes d'examen incontournables. Bien entendu, il y a quelque chose de rassurant et d'irréfléchi dans ce système cosmique de Taylor. En revanche, comme la monotonie du monde est parfois magnifiquement, lumineusement rompue par le livre d'un génie, une comète, un crime ou

même simplement une nuit blanche ! Mais nos
lois, le pouls, la digestion sont strictement liés
au mouvement harmonieux des étoiles et toute
tentative de transgresser la règle est châtiée,
dans le pire des cas par la décapitation, dans le
meilleur par une migraine. D'ailleurs, le monde
fut sans aucun doute créé avec de bonnes inten-
tions et personne n'est coupable de ce que l'on
s'y ennuie parfois et que la musique des sphères
rappelle à certains les rengaines sans fin d'un
orgue de Barbarie.

C'est cette monotonie que Simpson ressentait
avec une particulière acuité. Il éprouvait une
sensation de terreur à l'idée qu'aujourd'hui
le déjeuner suivrait le petit déjeuner et que le
dîner suivrait le thé avec une régularité iné-
branlable. Quand il songea que toute sa vie il en
serait ainsi, il eut envie de crier, de sursauter,
comme sursaute un homme qui se réveille dans
son cercueil. Derrière la fenêtre le crachin ne
cessait de scintiller, et parce qu'il devait rester
dans la maison, ses oreilles bourdonnaient
comme lorsqu'il fait chaud. Magor resta toute la
journée dans l'atelier qui avait été aménagé
pour lui dans la tour du château. Il travaillait à
la restauration du vernis d'un petit tableau sombre peint sur bois. L'atelier sentait la colle, la
térébenthine, l'ail qui sert à nettoyer un tableau
des taches de graisse ; sur un petit établi, à côté
d'une presse, brillaient des matras — de l'acide

*La Vénitienne* 91

chlorhydrique, de l'alcool —, des lambeaux de
flanelle, des éponges à gros trous, des grattoirs
de toutes formes traînaient. Magor était vêtu
d'une vieille blouse, il avait ses lunettes ; il avait
retiré son faux col, dont le bouton quasiment
de la taille d'une poignée de porte pendait juste
sous la pomme d'Adam ; le cou était fin, gris,
avec des papules de vieillard, et un calot noir
couvrait sa calvitie. Il répandait avec ce petit
mouvement circulaire des doigts, déjà bien
connu du lecteur, une pincée de résine broyée,
la frottait prudemment sur le tableau et le vieux
vernis jauni, gratté par les particules de poudre,
se transformait lui-même en poussière sèche.

Les autres habitants du château étaient assis
dans le salon, le colonel tournait furieusement
les pages d'un gigantesque journal, lisait à
haute voix, en se rassurant lentement, quelque article très conservateur. Puis Maureen et
Frank entreprirent de jouer au ping-pong : la
petite balle de celluloïd volait avec un claquement triste et sonore au-dessus d'un filet vert
tendu en travers d'une longue table, et Frank,
bien entendu, jouait merveilleusement, ne
bougeant que sa main et tournant légèrement
de gauche à droite une fine raquette en bois.

Simpson traversa toutes les pièces, se mor-
dant les lèvres et remettant en place son pince-
nez. C'est ainsi qu'il entra dans la galerie. Pâle
comme la mort, après avoir soigneusement

fermé derrière lui la lourde porte silencieuse, il s'approcha sur la pointe des pieds de la Vénitienne de Fra Bastiano del Piombo. Elle l'accueillit de son regard mat qu'il connaissait bien et ses longs doigts s'étaient figés en allant vers la bordure de fourrure, vers les plis cerise qui tombaient. Il fut saisi par un souffle d'obscurité mielleuse, et il regarda derrière la fenêtre qui coupait le fond noir. Là, sur un bleu verdâtre s'étiraient des nuages de couleur sable : vers eux s'élevaient des rochers brisés entre lesquels tournoyait un sentier blanc, et un peu plus bas se trouvaient de vagues masures en bois, et Simpson crut voir l'espace d'un instant un point de feu allumé dans l'une d'elles. Et tandis qu'il regardait cette fenêtre aérienne, il sentit que la Vénitienne souriait ; mais après lui avoir jeté un rapide coup d'œil, il ne réussit pas à saisir ce sourire : seule la commissure droite des lèvres, mollement serrées dans l'ombre, était légèrement soulevée. Et alors quelque chose se brisa délicieusement en lui, il tomba complètement sous le charme brûlant du tableau. Il faut se souvenir qu'il était un homme au caractère maladivement exalté, qu'il ne connaissait absolument pas la vie et que sa sensibilité remplaçait en lui l'esprit. Un frisson glacé glissa le long de son dos comme la paume sèche et rapide d'une main, et il comprit aussitôt ce qu'il devait faire. Mais après avoir rapidement regardé autour de lui et

*La Vénitienne* 93

vu le miroitement du parquet, la table, le vernis blanc et aveuglant des tableaux, là où tombait sur eux la lumière pluvieuse qui s'écoulait par la fenêtre, il éprouva de la honte et de la peur. Et bien que le charme précédent ait déferlé de nouveau sur lui, il savait déjà qu'il n'était guère probable qu'il puisse réaliser ce qu'une minute plus tôt il aurait accompli sans y penser.

Dévorant du regard le visage de la Vénitienne, il prit du recul et écarta soudain largement les bras. Il se cogna douloureusement le coccyx contre quelque chose ; en se retournant, il vit derrière lui la table noire. S'efforçant de ne penser à rien, il grimpa dessus et se dressa de toute sa taille en face de la Vénitienne, et écartant de nouveau les bras, il se prépara à s'envoler vers elle.

« Surprenante façon d'admirer un tableau. C'est toi qui l'as inventée ? »

C'était Frank. Il se tenait dans l'embrasure de la porte, les jambes écartées, et regardait Simpson en ricanant froidement.

Simpson fit sauvagement briller vers lui les verres de son pince-nez et chancela maladroitement, comme un somnambule qu'on dérangerait. Puis il se voûta, devint écarlate et descendit par terre avec un mouvement empoté.

Frank fronça les yeux, profondément dégoûté, et quitta la pièce sans dire mot. Simpson se précipita derrière lui.

« Ah ! s'il te plaît, je t'en prie, ne dis rien… »
Frank, sans s'arrêter, sans se retourner, haussa
les épaules avec mépris.

## 5

Le soir, la pluie cessa de façon imprévue.
Quelqu'un s'était brusquement ravisé et avait
fermé les robinets. Un coucher de soleil orange
et humide trembla entre les branches, s'élargit,
se refléta dans toutes les mares en même
temps. Le petit Magor qui faisait grise mine fut
extrait de force de la tour. Il sentait la térébenthine et s'était brûlé la main avec un fer à
repasser brûlant. Il enfila à contrecœur un
manteau noir, releva son col et partit faire un
tour avec les autres. Seul Simpson resta à la
maison sous le prétexte qu'il devait absolument
répondre à une lettre qui était arrivée avec la
distribution du soir. En réalité, il n'y avait pas
lieu de répondre à cette lettre, car elle venait
du laitier de l'université qui lui demandait de
payer sans tarder sa note de deux shillings et
neuf pence.
Simpson resta longtemps assis dans les ténè-
bres qui s'épaississaient, renversé sur le dossier
d'un fauteuil de cuir, la tête vide, puis il tres-

*La Vénitienne*  95

sauta en sentant qu'il s'endormait et il se mit à penser à la façon de déguerpir au plus vite du château. Le plus simple était de dire que son père était tombé malade : comme beaucoup de gens timides, Simpson savait mentir sans ciller. Mais il était difficile de partir. Quelque chose de sombre et de délicieux le retenait. Comme les rochers s'assombrissaient en beauté dans l'ouverture de la fenêtre !... Comme il serait bon de lui embrasser l'épaule, de lui prendre de sa main gauche le panier aux fruits jaunes, de partir doucement avec elle le long de ce sentier blanc vers la nuit d'un soir vénitien !...

Et il s'aperçut de nouveau qu'il s'endormait. Il se leva et alla se laver les mains. D'en bas lui parvint le son du gong rond et discret du dîner.

De constellation en constellation, de repas en repas le monde avance comme avance ce récit. Mais sa monotonie va maintenant s'interrompre par un miracle incroyable, une aventure inouïe. Ni Magor — qui de nouveau libérait soigneusement la nudité taillée d'une pomme de ses brillants rubans écarlates — ni le colonel — qui de nouveau rougissait agréablement après quatre verres de porto, sans compter deux verres de bourgogne blanc — ne pouvaient savoir, bien entendu, quels désagréments leur apporterait la journée du lendemain. Après le repas, il y eut le bridge immuable, et le colonel remarqua avec satisfaction que Frank et Maureen ne se regardaient même pas. Magor partit travailler, et Simpson s'assit dans un coin après avoir ouvert un carton de lithographies, et il ne regarda depuis son coin que deux ou trois fois les joueurs, s'étonnant au passage de ce que Frank soit aussi froid avec lui et que Maureen soit si pâle, qu'elle ait cédé sa place à une autre... Ces pensées étaient si vides par rapport à cette divine attente, cette immense émotion qu'il essayait maintenant de tromper en examinant des gravures confuses.

Et quand ils se séparèrent, Maureen aussi lui fit un signe de tête en souriant et lui souhaita une bonne nuit ; lui, distraitement, sans se troubler, lui répondit par un sourire.

6

Cette nuit-là, à une heure passée, le vieux garde, qui avait autrefois servi de groom au père du colonel, faisait comme toujours sa petite promenade dans les allées du parc. Il savait parfaitement que sa fonction n'était qu'une pure convention, car l'endroit était exceptionnellement calme. Il se couchait invariablement à huit heures du soir, à une heure le réveil crépitait :

*La Vénitienne*     97

alors le garde, un gigantesque vieillard aux respectables favoris grisonnants, sur lesquels les enfants du jardinier aimaient d'ailleurs tirer, se réveillait facilement et, après avoir allumé sa pipe, il se glissait dans la nuit. Après avoir fait une seule fois le tour du parc sombre et tranquille, il revenait dans sa chambrette et, après s'être aussitôt déshabillé et ne gardant que son impérissable tricot de corps qui allait fort bien avec ses favoris, il se recouchait et dormait cette fois jusqu'au matin.

Cette nuit-là, cependant, le vieux garde remarqua quelque chose qui lui déplut. Depuis le parc, il vit qu'une fenêtre du château était légèrement éclairée. Il savait parfaitement bien que c'était la fenêtre de la pièce où étaient accrochés les tableaux précieux. Étant un vieillard extraordinairement froussard, il décida de feindre vis-à-vis de lui-même de n'avoir pas remarqué cette étrange lumière. Mais sa conscience prit le dessus : il jugea tranquillement que sa tâche consistait à voir s'il n'y avait pas de voleurs dans le parc et qu'il n'était pas tenu d'attraper les voleurs dans la maison. En ayant ainsi jugé, le vieillard revint chez lui, la conscience tranquille — il habitait une maisonnette en briques près du garage — et il s'endormit aussitôt d'un sommeil de plomb que même le grondement tonitruant de la nouvelle voiture noire n'aurait pu interrompre, si quelqu'un l'avait mise en route pour plaisanter après avoir enlevé exprès le pot d'échappement.

Ainsi, ce brave et agréable vieillard, tel un ange gardien, traverse un instant ce récit et s'éloigne bien vite vers ces régions brumeuses d'où il a été tiré par le caprice de la plume.

## 7

Mais quelque chose avait effectivement eu lieu au château.

Simpson s'était réveillé exactement à minuit. Il venait de s'endormir et, comme cela arrive parfois, il s'était réveillé précisément parce qu'il s'était endormi. Se soulevant sur les bras, il regarda l'obscurité. Son cœur battait fort et vite car il avait conscience que Maureen était entrée dans la pièce. Il venait de lui parler dans son sommeil fugace, il l'avait aidée à gravir le sentier cireux entre les rochers noirs, craquelés çà et là par le vernis à l'huile. L'étroite coiffe blanche, comme une feuille de papier fin, tressaillait à peine sur ses cheveux sombres à cause du souffle d'un vent suave.

Simpson, qui poussa à peine un oh ! trouva le bouton à tâtons. La lumière jaillit. Il n'y avait personne dans la pièce. Il ressentit un accès de

*La Vénitienne*

déception cuisante, il réfléchit en hochant la tête comme un ivrogne, et ensuite, avec des gestes somnolents, il se leva de son lit, s'habilla, en faisant claquer ses lèvres avec indolence. Il était mû par la sensation trouble qu'il devait être habillé de façon stricte et élégante ; c'est pourquoi il boutonnait avec un soin endormi le gilet sur son ventre, nouait le nœud noir de sa cravate, recherchait longuement de deux doigts un petit fil inexistant sur le revers de satin de sa jaquette. Se souvenant confusément que le plus simple était de pénétrer dans la galerie depuis la rue, comme une brise légère, il se glissa dans le jardin sombre et humide par la porte-fenêtre. Les buissons noirs, comme inondés de mercure, luisaient sous les étoiles. Une chouette ululait quelque part. Simpson marchait légèrement et rapidement sur le gazon, entre les buissons détrempés, contournant l'immensité de la demeure. L'espace d'un instant, la fraîcheur de la nuit, l'éclat fixe des étoiles le dégrisèrent. Il s'arrêta, se pencha, s'effondra comme un vêtement vide sur le gazon, dans l'espace étroit compris entre un parterre de fleurs et le mur de la maison. Il sombra dans la torpeur ; d'un coup d'épaule il tenta de la repousser. Il fallait se dépêcher. Elle attendait. Il avait l'impression d'entendre son chuchotement insistant…

Il ne remarqua pas comment il s'était levé, comment il était entré, comment il avait allumé

la lumière, inondant d'un éclat chaud la toile de
Luciani. La Vénitienne lui faisait face de trois
quarts, vivante et en relief. Ses yeux sombres, qui
ne luisaient pas, le regardaient dans les yeux, le
tissu rosâtre de sa chemise découpait avec une
particulière douceur le charme du cou, les plis
tendres sous l'oreille. Dans la commissure droite
de ses lèvres serrées dans l'expectative s'était figé
un tendre ricanement ; ses longs doigts, écartés
deux par deux, s'étiraient vers l'épaule d'où
tombaient la fourrure et le velours.

Et Simpson, après avoir profondément respiré,
partit vers elle et entra sans efforts dans le tableau. Aussitôt il fut pris de tournis à cause de la
fraîcheur délicieuse. Il y avait une odeur de
myrte et de cire, avec une touche de citron. Il se
trouvait dans une pièce nue et noire, près d'une
fenêtre ouverte sur le soir, et juste à côté de lui se
trouvait la véritable Maureen vénitienne, grande,
charmante, tout illuminée de l'intérieur. Il comprit que le miracle s'était produit et il fut lentement attiré vers elle. La Vénitienne lui sourit du
coin de l'œil, arrangea doucement sa fourrure
et, ayant baissé la main dans son panier, elle lui
tendit un petit citron. Sans quitter des yeux ses
yeux enjoués, il prit de ses mains le fruit jaune —
et dès qu'il sentit la fraîcheur dure et rugueuse
de celui-ci, ainsi que la chaleur sèche de ses longs
doigts, il fut emporté par une incroyable extase

qui bouillonna délicieusement en lui. Il tressaillit, puis il se dirigea vers la fenêtre : là-bas, sur le sentier blanc entre les rochers marchaient des silhouettes bleues, revêtues de capuchons, portant des lanternes. Simpson examina la pièce où il se trouvait : il ne sentait d'ailleurs pas le sol sous ses pieds. Au fond, au lieu du quatrième mur, la galerie qu'il connaissait bien miroitait au loin comme de l'eau, avec l'île noire d'une table au milieu. Et une terreur soudaine le fit alors serrer le petit citron froid. Le charme avait disparu. Il tenta de regarder à gauche, vers la Vénitienne, mais il ne pouvait tourner le cou. Il était empêtré comme une mouche dans du miel ; il frissonna, se figea, il sentait son sang, sa chair, ses vêtements se transformer en peinture, se fondre dans le vernis, sécher sur la toile. Il devint une partie du tableau, il était peint dans une pose absurde à côté de la Vénitienne, et juste devant lui, avec encore plus d'évidence qu'avant, s'ouvrait la galerie, pleine de l'air terrestre et vivant que désormais il ne pourrait respirer.

8

Le lendemain matin, Magor se réveilla plus tôt que de coutume. Ses pieds nus et poilus, aux ongles pareils à des perles noires, fouillèrent à la recherche de ses chaussons et il se traîna dans le couloir vers la porte de la chambre de sa femme. Depuis plus d'un an ils n'avaient plus de liens conjugaux mais, malgré tout, chaque matin il allait chez elle pour la regarder avec une émotion impuissante se peigner et secouer vigoureusement la tête en faisant striduler le peigne sur une aile marron de ses cheveux raides. Aujourd'hui, à cette heure matinale, il vit que le lit était fait et qu'une feuille de papier était épinglée à sa tête. Magor trouva dans une poche profonde de sa robe de chambre un énorme étui à lunettes et sans les mettre, mais en les appliquant seulement contre ses yeux, il se pencha au-dessus de l'oreiller et lut ce qui était écrit sur la feuille épinglée de cette petite écriture qu'il connaissait bien. L'ayant lu, il remit soigneusement ses lunettes dans l'étui, dégrafa et plia la feuille, réfléchit un instant, puis, en traînant résolument ses pantoufles, il sortit de la pièce. Dans le couloir il se heurta au domestique qui le regarda d'un air effrayé.

« Quoi, le colonel est déjà levé ? » demanda Magor.

Le domestique s'empressa de répondre :

« Oui, *sir*. Le colonel est dans la galerie de tableaux. Je crains, *sir*, qu'il ne soit très fâché. On m'a envoyé réveiller le jeune monsieur. »

Sans finir de l'écouter, il ferma tout en marchant sa robe de chambre gris souris et se dirigea rapidement vers la galerie. Le colonel, également en robe de chambre, d'où tombaient les extrémités tire-bouchonnées du pantalon de son pyjama rayé, faisait les cent pas le long du mur, avec ses moustaches hérissées et son visage injecté de sang pourpre était effrayant. Apercevant Magor, il s'arrêta, remua les lèvres et se redressa pour éclater :

« Eh bien, admirez ! »

Magor, qui n'avait que faire de la colère du colonel, regarda malgré tout machinalement dans la direction de sa main et vit une chose effectivement incroyable. Sur la toile de Luciani, à côté de la Vénitienne, une nouvelle figure était apparue. C'était le portrait superbe, bien que fait à la hâte, de Simpson. Fluet, vêtu d'une jaquette noire qui se détachait nettement sur le fond plus clair, les jambes étrangement tournées vers l'extérieur, il tendait les bras comme s'il était en prière, et son visage blême était déformé par une expression pitoyable et insensée.

« Ça vous plaît ? s'enquit férocement le colonel. Ce n'est pas plus mauvais que Sebastiano lui-même, n'est-ce pas ? Quel gredin ce gamin ! Il s'est vengé du bon conseil que je lui avais donné. Eh bien, on verra… »

Le domestique entra, éperdu.

« Monsieur Frank n'est pas dans sa chambre, *sir*. Et ses affaires ne sont plus là. M. Simpson n'est pas là non plus, *sir*. Il est probablement sorti faire un tour, *sir*, la matinée est si belle.

— Que cette matinée soit maudite ! tonna le colonel, que…

— Je me permets de vous faire savoir, ajouta timidement le domestique, que le chauffeur vient de me dire que la nouvelle voiture avait disparu du garage.

— Mon colonel, dit doucement Magor, je crois pouvoir vous expliquer ce qui s'est passé. »

Il regarda le domestique, et celui-ci partit sur la pointe des pieds.

« Voilà ce qui se passe, poursuivit Magor d'une voix morose, votre hypothèse selon laquelle c'est votre fils, en fait, qui a peint cette figure, est sans aucun doute juste. Mais de plus, j'en conclus, d'après le billet qui m'a été laissé, qu'il est parti à l'aube avec ma femme. »

Le colonel était britannique et gentleman. Il sentit immédiatement qu'il n'était pas correct d'exprimer sa colère en présence d'un homme qui venait d'être quitté par sa femme. C'est pourquoi il s'écarta vers la fenêtre, ravala une moitié de sa colère, expira la seconde, lissa ses moustaches et, une fois calmé, se tourna vers Magor.

« Permettez-moi, mon cher ami, dit-il poliment, de vous assurer de ma sincère, de ma très profonde sympathie et de ne pas vous faire part

*La Vénitienne*

de la hargne que j'éprouve à l'égard du coupable de votre malheur. Mais, si je comprends bien dans quel état vous vous trouvez, je dois, je suis obligé, mon ami, de vous demander de me rendre immédiatement un service. Votre art sauvera mon honneur. C'est aujourd'hui qu'arrive de Londres le jeune Lord Northwick qui possède, comme vous le savez, un autre tableau du même del Piombo. »

Magor acquiesça.

« Je vais apporter le matériel nécessaire, mon colonel. »

Il revint deux ou trois minutes plus tard, toujours en robe de chambre, avec un coffret en bois dans les mains. Il l'ouvrit aussitôt, sortit une bouteille d'ammoniaque, un paquet d'ouate, des chiffons, des grattoirs, et il se mit au travail. En grattant et en effaçant du vernis la figure noire et le visage blanc de Simpson, il ne pensait absolument pas à ce qu'il faisait, mais ce à quoi il pensait ne doit pas être une énigme pour le lecteur qui sait respecter le chagrin d'autrui. Une demi-heure plus tard, le portrait de Simpson était complètement effacé et la peinture fraîche qui l'avait constitué restait sur les chiffons de Magor.

« Étonnant ! dit le colonel, étonnant. Le pauvre Simpson a disparu sans laisser de traces. »

Il arrive qu'une remarque fortuite nous incite à des pensées très importantes. Il en était ainsi maintenant pour Magor qui rangeait ses outils, qui sursauta soudain et s'arrêta.

« Étrange, pensa-t-il, très étrange. Est-il possible que… »

Il regarda les chiffons maculés de peinture et soudain, fronçant étrangement les yeux, il en fit un tas et les lança par la fenêtre près de laquelle il travaillait. Puis il se passa la main sur le front, jeta un regard effrayé au colonel, lequel, comprenant différemment son émotion, essayait de ne pas le regarder, et il sortit de la galerie avec une hâte inhabituelle pour aller directement dans le jardin.

Là, sous la fenêtre, entre le mur et les rhododendrons, le jardinier, qui se frottait le crâne, se tenait au-dessus d'un homme en noir, étendu face contre terre sur le gazon. Magor s'approcha rapidement.

L'homme bougea un bras et se retourna. Puis il se dressa sur ses jambes en ricanant de façon éperdue.

« Simpson, mon Dieu ! Que vous est-il arrivé ? » demanda Magor en scrutant son visage blême.

Simpson ricana de nouveau.

« Je regrette terriblement… C'est complètement stupide… Je suis sorti faire un tour cette nuit et je me suis endormi, là, sur l'herbe. Ah ! je suis courbatu… J'ai fait un rêve monstrueux… Quelle heure est-il ? »

*La Vénitienne*

Le jardinier, resté seul, hocha la tête de désapprobation en regardant le gazon piétiné. Puis il se pencha et ramassa un petit citron sombre qui portait la trace de cinq doigts. Il fourra le citron dans sa poche et partit chercher le rouleau de pierre qui avait été laissé sur le court de tennis.

9

Ainsi, le fruit sec et ridé, trouvé par hasard par le jardinier, est la seule énigme de toute cette nouvelle. Le chauffeur, qui avait été envoyé à la gare, revint avec l'automobile noire et un billet que Frank avait mis dans le vide-poches au-dessus du siège.

Le colonel le lut à haute voix à Magor :

« Mon cher père, écrivait Frank, j'ai réalisé tes deux souhaits. Tu as souhaité qu'il n'y ait pas d'aventures dans ta maison : c'est pourquoi je pars en emmenant avec moi une femme sans laquelle je ne peux vivre. Tu as souhaité également que je te montre un exemple de mon art : c'est pourquoi je t'ai peint le portrait de mon ancien ami, auquel tu peux d'ailleurs transmettre que je me fiche des dénonciateurs. Je l'ai peint cette nuit, de mémoire, et si la ressemblance n'est pas parfaite, la faute en est au manque de temps, au mauvais éclairage et à ma hâte compréhensible. Ta nouvelle voiture fonctionne à merveille. Je la laisse au garage de la gare où tu la récupéreras. »

« Parfait… chuinta le colonel… Seulement j'aimerais bien savoir avec quel argent tu vas vivre. »

Magor, aussi blême qu'un embryon conservé dans l'alcool, toussa et dit :

« Je n'ai pas de raisons de vous cacher la vérité, mon colonel. Luciani n'a jamais peint votre Vénitienne. Ce n'est qu'une étonnante imitation. »

Le colonel se leva lentement.

« C'est votre fils qui l'a peinte », poursuivit Magor, et les commissures de ses lèvres se mirent soudain à trembler et à s'affaisser. « À Rome. Je lui ai fourni la toile, la peinture. Son talent m'a séduit. La moitié de la somme que vous avez payée lui est revenue. Ah ! mon Dieu. »

Le colonel regarda, en faisant jouer les muscles de ses pommettes, le mouchoir sale avec lequel Magor se frottait les yeux, et il comprit que le pauvre ne plaisantait pas.

Alors, il se retourna et regarda la Vénitienne. Son front luisait sur le fond sombre, ses longs doigts luisaient mollement, la fourrure de lynx tombait de façon charmante de l'épaule, il y avait un secret ricanement au coin de ses lèvres.

« Je suis fier de mon fils », dit tranquillement le colonel*.

* « Venetsianka ». Nouvelle inédite datée du 5 octobre 1924. Dactylographie des archives Nabokov de Montreux.

Un coup d'aile                                    11
La Vénitienne                                     53

*Composition Nord Compo*
*Impression Novoprint*
*à Barcelone, le 2 mars 2005*
*Dépôt légal : mars 2005*
*1<sup>er</sup> dépôt légal dans la collection: septembre 2003*
ISBN 2-07-041254-7. /Imprimé en Espagne.

**135626**